友橋かめつ
ill.希望つばめ

5

Sランク冒険者である俺の娘たちは重度のファザコンでした

長女・スノウ
「我々日陰に生きる陰キャにとって、不必要に注目されることは何よりも怖い……！」

「あらアンナさん、今日はバニー姿なんですね。とってもお似合いだと思いますよ♪」
ドロテア
ンナ
「……」

――シュバルツ家の三姉妹
次女・ドロテア
「余計なお世話が好きなんです、私」
三女
「これがあたしのスタイルだ。文句あっか？」

Sランク冒険者である俺の娘たちは重度のファザコンでした 5

友橋かめつ

OVERLAP

CONTENTS

Illustration 希望つばめ

第一話

夜の王都。

賑《にぎ》わいの消えない通りの一角にある大衆酒場。

魔法学園での講師業を終えた俺――カイゼル＝クライドは、同僚のノーマンと共に飲みに来ていた。

「我々は指導者であると同時に、求道者でなければならない。講師という立場にあぐらを掻《か》いて鍛錬を怠るなど言語道断だッ！」

ドン、と勢いよく音が響いた。

手にしたジョッキの底をテーブルに打ち付けたのだ。

「そうは思わないか。カイゼルよ！」

「あ、ああ。そうだな」

熱のこもった主張をやんわりと受け止める。そして言葉を返す。

「どんな立場になっても、向上心は忘れないようにしないとな。教育者として生徒に見本を示すためにも」

「やはり貴様はそう言うと思ったぞ」

満足そうに頷《うなず》くノーマンの頬は、ほんのりと朱を帯びている。

良い感じに酔いが回り始めているのだろう。

片眼鏡が印象的な、見るからに神経質そうな男。

かつては俺を目の敵にし、決闘を申し込んできたこともあったが、今は和解して友好的な関係を築くことができていた。

こうして仕事終わりに飲みに行けるくらいには。

「講師の中には立場に驕《おご》り、停滞している者も少なくない。その中でカイゼル、貴様は常に己を更新し続けている」

ノーマンはふっと笑みを浮かべる。

「講師として、魔法使いとしてのあるべき姿だ」

「よしてくれ。恥ずかしい」

「私も負けてはいられない。最近、新しい研究を始めたのだがな――」

熱を帯びた口調で語り始める。

ノーマンと飲んでいると、だいたいは魔法についての話か、生徒にどう向き合うべきかという教育論の話が展開される。

一見すると冷たい印象を抱かれがちなノーマンだが、実際に接してみると、内面に熱いものを抱えているのが伝わってくる。

それに感化されたかのように。

気づけば俺の言葉も熱を帯びていた。

「ふふ……実に有意義な時間だ」

ノーマンの顔は喜色を帯びていた。

「しかしそうなると、エトラ様にもぜひ同席いただきたかった」

エトラは俺のかつての仲間だ。

高名な魔法使いであり、王都では大賢者と称されている。俺にとっては魔法の手ほどきをしてくれた師匠でもある。

本人は大仰に持ち上げられるのをよしとしていない。

あまのじゃくで、ひねくれ者だから。

現在は俺と同じく魔法学園の非常勤講師をしていた。

「大賢者である彼女と魔法について侃々諤々《かんかんがくがく》の議論を交わしたかったものだ。一応、誘いはしたのだろう？」

「あ、ああ」

俺は少しの沈黙の後にそう返した。

「だが、今日は予定があるらしい」

「大賢者ともなると、寸暇を惜しんで魔法の探究をしているのだろう。さすがだ」

勝手に納得して尊敬の念を抱いている。

しかし実際のところはまるで違う。

エトラの予定は魔法の探究などではなく、ギャンブルだ。今頃はカジノのスロットの前で目を血走らせていることだろう。

エトラは三度の飯より賭け事が好きだった。

魔法学園の非常勤講師をしているのも、魔法の後世への継承とかではなく、ギャンブルでこさえた借金を返すためだ。

一応、飲みにも誘ってみた。しかし――。

『は？　何が楽しくて仕事以外で魔法の話をしないといけないのよ。ばっかじゃないの』

無下に断られた。

『どのスロット台が出るかって話なら、一日中したいけど』

大賢者と称されるエトラだが、魔法に対する関心は皆無だった。頭の中にあるのはどの台に座れば当たるかということだけ。

それでも他の追随を許さない圧倒的な魔法使いであり続けるあたり、才能というものは残酷だと言わざるを得ない。

「それにしても、だ」

「ん？」

「今日のイレーネ先生も素敵だった……」

始まったか、と思った。

さっきも言ったが、ノーマンと飲んでいると、だいたいは魔法についての話か、教育論の話が展開される。

だがそれは最初の話。

酒が進んでくると色恋の話に切り替わる。

「イレーネ先生――彼女は魔法学園に咲いた一輪の花だ」

ノーマンはかねてより同僚のイレーネに気があった。

以前より熱心にアプローチをしていたが、今のところ良い返事は貰《もら》えていない。

「そして彼女も恐らく、私を好いているはずだ」

「そうなのか？」

全然そんな素振りは今まで見られなかったが。

何か進展があったのだろうか。

「ああ。最近よく目が合うような気がする」

根拠としてはかなり弱い。

思春期の男子みたいなことを……。

「イレーネ先生と結婚して、郊外に家を買う。私と彼女、そしてセピアの三人なら幸せな家庭を築くことができるはずだ」

「セピア?」

聞いたことがない名前だった。

「私たちの子供の名前だ」

「もう名前を考えているのか」

いくらなんでも気が早すぎるだろ。

というか、相手の意見も聞いてあげたらどうだ。

色々と言いたいことはあった。

しかし、最初に俺の口から出た言葉は違った。

「娘なんだな」

「ああ。パパと呼ばれたい」

ノーマンはふっと笑みを浮かべた。

「もしくはダディでも可だ」

なるほど。

妻のイレーネと娘のセピアに慕われている自分の姿を想像してか、ノーマンは鼻の下を伸ばしてご満悦な表情。

「ちなみに、孫にはじいじと呼ばれたい」

「楽しそうで何よりだ」

俺は苦笑すると、ジョッキの酒を飲み干した。

いかにも酒席の会話という感じがする。

だが、こういう益体のない話も悪くない。

「そういえば、カイゼル。貴様、以前婚活を始めたと聞いたが」

「……ああ。そのことか」

以前、女王ソニアの計らいによって、俺が結婚相手を募集していると王都中に大々的に喧伝《けんでん》されたことがあった。

ソニアには俺を王都に繋《つな》ぎ止めておきたいという想《おも》いがあり、そのためにも王都の人間と結婚して欲しかったようだ。

「結局、良い相手は見つかったのか？」

「いいや全然」

苦笑と共に首を横に振った。

「あれは女王陛下の計らいで、俺自身にその意志はなかった。そもそも子持ちの俺と結婚したいと思う人はいないだろう」

「そうだったか」

ノーマンはどこかほっとしていた。

「貴様が結婚したら、こうして気軽に飲みに誘うこともできないからな」

「別に俺は構わないが」

「貴様が構わなくとも、奥さんに悪いだろう」

こういうところ、妙に律儀なノーマンだった。

「娘たちはすでに自立しているからいいかもしれんが」

「それがそうでもない」

娘たち——特にメリルは俺が飲み会に行くことを嫌がる。

パパといっしょにいられないからと。

今日も付いてこようとしていた。

魔法学園の友人たちに『たまには先生に羽を伸ばさせてあげないと』と説得され、渋々引き下がってはいたが。

「しかし、貴様と過ごす時間は実に有意義だ」

ノーマンはふっと笑った。

「これまで私はこの優秀さ故に、対等に語り合える相手がいなかった。カイゼル、貴様と出会うまではな」

「嬉《うれ》しそうだな」

「そうか。俺も村では同世代の友人はいなかった」

「ほう？」

ノーマンの目が光った。

「では私は貴様にとって、初めての男友達ということか？」

どこか嬉しそうだった。

にやりと口角が上がり、頬が上気している。

「そうだな」

俺はそう答えた後。

「……いや、一人いたか」

ふと思い出した。

かつての、十年以上前の記憶を。

「あれはまだ王都にいた頃だが。友人というか、好敵手というか……そういう相手が俺にも確かにいた」

当時は意識はしていなかった。

けれど今振り返ってみると、あれは友人だとか、好敵手だとか、そういう言葉が俺たちの関係には当て嵌《は》まる気がする。

「…………」

「どうした？」

黙りこくったノーマンに尋ねる。

「……いや別に」

どこか不満そうだった。

「何か気に障ることでも言ったか……？」

しかし覚えがない。

すると。

「これは嫉妬しとるんじゃなあ」

「ぬおっ!? マリリン学園長!?」

突如として姿を現した幼女。

老獪《ろうかい》な雰囲気を漂わせた彼女は、魔法学園の学園長だった。

魔法を使ったのだろう。

俺たちの目には急に席から生えてきたように映った。

「どうしてここに!?」と狼狽《ろうばい》するノーマン。

「儂《わし》の目は王都中に光っておるからの。何やら楽しそうな話をしていたものだから、思わず飛んできてしもうた」

イタズラっ子のような笑みを浮かべるマリリン。

「はあ……」

「先ほどの話に戻るが。ノーマンが不満そうにしているのは、おぬしの昔の男友達に嫉妬しておるからじゃよ」

「嫉妬ですか」俺は思わず呟《つぶや》いた。「なぜ……？」

理由が分からない。

「全く。おぬしは鈍いのう」

マリリンはやれやれと呆《あき》れたように華奢《きゃしゃ》な肩をすくめる。

「ノーマンにとっておぬしは初めてできた対等な男友達。そしてノーマンは自分がおぬしにとっても初めての男友達だと思っていた」

しかし、と先を続けた。

「おぬしにはすでに男友達がいたという。それを聞いて、ノーマンは裏切られたような気になったわけじゃな」

理由は分かったが、腑《ふ》には落ちない。

「世迷《よま》い言《ごと》を」

ノーマンはふっと小馬鹿にしたように笑う。

「この私がそのようなみみっちい感情を抱くはずがなかろう。学園長とはいえ、皆目見当違いと言わざるを得ないな」

「ふむ。ならば確かめてみるとしよう」

そう言うと。

マリリンはノーマンに指先を向けた。

人差し指が、光を帯び始めた。

「こ、これは……？」

「他者の本音を引き出す魔法じゃ。主に捕虜に対する尋問などに使われる。儂のような超一流の魔法使いにしか使えん」

ほれ、とマリリンは魔法を発動させる。

指先から放たれた光は、ノーマンの身体《からだ》を包み込み、胸の内に秘めていた想いを言葉として引きずり出した。

「で、どうなんじゃ？」

「学園長の仰《おつしや》る通り、嫉妬している！」

ノーマンはそう言い切った。

「私はカイゼルの初めての男になりたかった！　カイゼルに過去の男友達がいたと知った瞬間はとてもショックだった！」

凄《すご》いな、この魔法。

胸のうちを洗いざらいぶちまけさせられている。

「な？　言った通りじゃろ？」

「高等魔法をこんなことに使わないでください」

もっと有意義に使って欲しい。

しかし――。

「まさか当たっていたとは」

ノーマンが俺の男友達に嫉妬していたとは。

異性ならともかく、同性の友達相手に。

「男というのは、時に女よりも女々しい生き物なのじゃ」

マリリンはしみじみと呟いていた。


その後も酒が入った俺たちの会話は弾んでいた。

話題は例の男友達についてだ。

「そいつは冒険者だった頃の俺によく突っかかってきたんです」

「同じ冒険者だったのかえ？」

「いえ。魔法使いとして、別の街の魔法学園に在籍していました」

「ほう。なぜおぬしに目を付けたんじゃ？」

「俺は剣士ですが、魔法使いとしても少しだけ名が通っていましたから。向こうからするとそれが気に食わなかったんだと思います」

「本職ではない人間が持て囃《はや》されて、面白くなかったと」

　マリリンはノーマンの方をちらりと見やる。

「ノーマンよ、おぬしにもその気持ちはよく分かるじゃろう」

「ぐぬ……」

　ノーマンは苦虫を嚙《か》み潰したような面持ちになる。

　かつて魔法学園の出身ではない俺が非常勤講師に就任した際、ノーマンは俺のことを目の敵にしていたのだった。

「それで向こうに決闘を挑まれまして」

「おぬしが見事、打ち負かしたと」

　頷《うなず》いた。

「それ以来、そいつは何かと突っかかってくるようになりまして。俺より優れていることを証明するために、魔法学園を辞めて冒険者に」

「もはやストーカーじゃの」

　マリリンは呆れたように言った。

「今はもう連絡は取っておらんのか？」

「ええ」

　ワイバーン討伐の際、エンシェントドラゴンによる村の襲撃を防ぐことができず、俺は半ば逃げるように王都を出た。

誰に告げることもなく。

焼き尽くされた村の生き残り——三人の赤子を連れて。

その際に関係も切れてしまった。

「ただレジーナとエトラには面識がありましたから。二人から聞いて、俺が子育てのために村に帰ったのは知っているかもしれません」

「その熱意があるなら、村まで追ってきそうなものじゃが」

言われてみれば……。

あいつならそれくらいのことはしそうな気がする。

もしかすると、俺が任務を失敗したことで幻滅され、これまで俺に抱いていた執着心が消えてしまったのかもしれない。

「いずれにしても真相は闇の中だな」

元々王都の住民でもないんだ。

もう会うことはないだろう。

その時、酒場の入り口の扉が開けられた。

歩いてきた男の姿を見て、店内の客たちは一瞬静まりかえった。

うなじを隠すほどに伸びた、金糸のようなさらさらの髪。

涼しげな目元に、しゅっとした顎のライン。手足はすらりと伸び、洗練された歩き姿は育ちの良さを感じさせる。

「ねえ、あの人、凄いイケメンじゃない!?」

「格好良い〜!」

近くの席の女性客たちが黄色い声を上げていた。

確かに中性的な彼の容姿は非常に整っている。

ただ見た目が良いだけではない。

その場にいるだけでその場が明るくなるような、華がある。

「ふん。くだらん」

ノーマンは面白くなさそうに吐き捨てた。

「ああいうチャラチャラしたのは所詮見た目だけだ。男の真価は容姿でなく、何を為《な》したかで決まるというのに」

「モテない陰キャの遠吠《とおぼ》えじゃのう」

「遠吠えではないッ! 第一、陽キャが上だという風潮があるが、世の中を動かしているのは我々陰キャなのだッ!」

怒濤《どとう》の勢いで抗議するノーマン。

マリリンはそれをあっさりと受け流すと。

「しかし奴《やつ》は中々骨がありそうじゃぞ？」

「む……」

金髪の男は呆《ほう》けていた女性店員に声を掛ける。

「ねえ。聞きたいことがあるんだけど」

「は、はい！　何でしょうか？」

「実は人を捜していてね。その人が王都にいることは分かっているんだけど。どこにいるのかの見当はついていないんだ」

「その方のお名前は？」

「カイゼル＝クライド」

「っ!?」

その言葉は、投石のように俺の記憶の泉に波紋を起こした。

そうだ。

一目見た時から、見覚えがあると思っていた。

あの男は――。

「あ、あのっ！　良かったら連絡先を教えてくれませんか!?」

一人の女性客がぐいっと割り込んできた。

「ちょっと！　抜け駆けしないでよ！」

「私も私も！」

それを皮切りに、店内の女性たちが続々と金髪の男の下に押し寄せる。

女性陣に取り囲まれた金髪の男は、柔和な微笑《ほほえ》みを浮かべながら、しかし毅然《きぜん》とした口調で言った。

「ごめんね。君たちと遊んでる暇はないんだ」

それに、と続ける。

「僕は追われるよりも、追う方が性分に合っているから」

その様子に、付けいる隙がないと判断したのだろう。

女性陣は渋々というふうに諦める。

ようやく波が引いたところで、女性店員は切り出した。

「カイゼルさんならちょうど今来ていますよ。いつも贔屓《ひいき》にしていただいて。ほら、その端の席に――」

女性店員が俺たちの座る席を指し示す。

すると金髪の男はゆっくりと振り返り――。

そして、目が合った。

その瞬間、金髪の男の口元には笑みが浮かんだ。それは先ほどまでの、空虚なレプリカのような笑みではなかった。

「ようやく見つけた」

金髪の男はまっすぐに俺を見据えながら言った。

「君をずっと捜していたよ、カイゼル」


目の前にいた柔和な顔立ちの金髪の男。

女性陣から熱い眼差《まなざ》しを一心に受けるその男は、しかし彼女たちには目もくれず、俺だけを真剣に見据えていた。

「知り合いかの？」

「ええ。さっき話していた、俺の冒険者時代の友人というか、好敵手というか、そういう関係にあった男です」

「カイゼル、久しぶりだね」

金髪の男はふっと口元に柔らかな笑みを浮かべる。

「僕の名を覚えているかい？」

「ああ」と俺は頷いた。「リバルだろう」

「ふむ。では名字は？」

「え？」

「当然、フルネームで言えるだろう？」

なぜフルネームを言う必要が？

疑問を抱きながらも、別に忘れていたわけではないので口にすることにした。

「リバル」と俺は言った。「リバル＝シュバルツ」

「ご名答」

リバルは満足そうに笑みを深めた。

「僕の名はリバル＝リュバルツ。カイゼル＝クライドの永遠の好敵手にして、君を越えて遥《はる》か高みへと辿《たど》り着く者だ」

額に手をあてがい、俯《うつむ》き加減に宣言する。

キザな仕草だが、彼がすると絵になる。

実際、女性陣からは黄色い声が上がっていた。

「リバル＝シュバルツ!?　あのシュバルツ家か!?」

「ノーマン、知っているのか？」

「魔法を修めている者なら、誰もが一度は聞いたことがある。代々、超一流の魔法使いを輩出している貴族の名家だ」

ノーマンはリバルを見つめながら言う。

「秀才揃《ぞろ》いのシュバルツ家の中でも、リバルという男は頭一つ抜けている。歴代でも類を見ない天才魔法剣士だと」

「そう呼ばれていたこともあったね」

リバルは自嘲するように笑う。

「もっとも、家はもうとうに捨てた」

リバルは魔法学園の首席だった。

シュバルツ家の歴史でも類を見ない天才魔法使いとして、家の者たちからも、魔法学園からも多大な期待を掛けられていた。

しかし。

その全てを投げ打って、リバルは冒険者になった。

魔法学園を退学し、家からも勘当されながらも。冒険者である俺よりも優れていることを証明するために。

「約束された地位や名誉がありながら……まるで理解できんな」

ノーマンは呆《あき》れたように呟《つぶや》いていた。

「まあ、凡人には理解できないだろうね」

リバルは爽やかに突き放すようなことを言う。

「僕は生まれてこの方、人後に落ちたことがなかった。自分よりも優れた人間などこの世に存在しないと信じて疑わなかった」

涼しげな目が、俺を射貫《いぬ》いた。

「そんな折だ。カイゼルに出会ったのは」

遠い日を思い返すように語り始めた。

「冒険者にもかかわらず、卓越した魔法の使い手がいる。しかもその冒険者は大賢者エトラに師事しているらしい。

大賢者エトラは僕が唯一認めていた魔法使いだった。彼女は紛れもない天才で、人の理《ことわり》の外にあるような存在だ。

エトラは弟子を取らないことで有名だった。僕も師事しようとしたことがあったが、無下に断られてしまった。

そんな彼女が唯一、弟子にした男に興味を抱いた。

いったいどれほどの実力を持っているのか、見定めてやろうと思った。僕の方が上だと知らしめてやろうと。

そして僕はカイゼルに決闘を申し込んだ。彼は最初乗り気じゃなかったが、仲間たちに囃《はや》し立てられて受け容《い》れた」

最初、俺は決闘なんてするつもりはなかった。

しかし、面白がったエトラが仕向けてきたのだ。逃げるということは、自動的に相手の方が上だということになると。

当時は俺もまだ若かった。

挑発されて結局は受けることになった。

それが全ての始まりだとも知らずに。

「実際に戦って驚いたよ。カイゼルは魔法使いとしても、剣士としても、超一流の実力を有していた」

互いの全力を尽くした決闘は白熱した。

そして結局、俺の勝利に終わった。

「初めてだった。魔法剣士として、自分よりも格が上だと思える者に出会ったのは。

圧倒的な敗北感だった。あれほどの屈辱を覚えたことは、後にも先にもない。これまでに見ていた世界が崩壊するようだった。

僕は勝ち続けてきた。勝ち続けてきたからこそ、僕は僕でいられた。カイゼルとの戦いはそんな僕のアイデンティティを粉々に砕いた。

けれど、同時に嬉《うれ》しくもあった。

その頃の僕は倦《う》んでいた。優秀すぎるがあまりに周りとはレベルの差が開き、生きる熱を見いだせないでいた。

カイゼルとの戦いは屈辱と引き換えに、僕に熱を与えてくれた」

リバルは傷口を指先でなぞるように続けた。

「このままでは終われない。僕は僕であるために、カイゼルよりも優れていることを証明しなければならない。

だから魔法学園を辞め、家を出て、冒険者になった。彼と同じ土俵で、彼よりも成果を挙げることで知らしめようと。

彼は最年少でAランク冒険者になった。僕も負けじと功績を挙げた。そしてとうとう追いつこうかとした時だ」

一拍を置いてから、言った。

「君は僕の前から姿を消した」

ワイバーン討伐任務において失態を演じた俺は、周りの誰にも告げることなく、逃げるように王都を去った。

もちろんリバルにも告げてはいない。

「君が冒険者を辞め、王都を去ったと聞いた時は驚いたよ。焼けた村で拾った赤子たちの父親になるからとね。

ショックだった。生きる目標を失った気分だったよ。けれど、それでも僕は腐らずに腕を磨き続けた」

そして、と続けた。

「君がまた王都に戻ってきて、冒険者として名を馳《は》せていると聞いた時、僕は歓喜の声を上げずにはいられなかった。年月を経ても、君は僕の知る、強い君のままだった」

ふっと笑みを浮かべると、宣戦布告するように俺を指さしてきた。

「僕の膝に土を付けさせたのはカイゼル、生涯でも君ただ一人だけだ。このまま勝ち逃げするなんてことは許さない」

「こいつ、めちゃくちゃ長尺で喋《しゃべ》るのう」

傍観していたマリリンはドン引きしていた。

「カイゼルに対する熱量というか、執着がヤバすぎるじゃろ。ここまで来るともはや立派なストーカーじゃな」

「ふん。その割には今まで姿を現さなかったようだが？」

ノーマンは眼鏡のアーチ部分を指で押さえながら、挑発的な口調。

「おぬし、なんか張り合おうとしとらんか？」

「べ、別にそのようなことは」

「色々と事情があってね。だけどカイゼル、僕はこの十八年間、一秒たりとも君のことを忘れた日はなかったよ」

「別に忘れてくれてもよかったんだが……」

「ははは。君の冗談は相変わらず分かりにくい」

リバルはあっさりと受け流すと。

「カイゼル、久々に決闘といこうじゃないか。僕が君よりも優れているということを、十八年越しに証明してみせる」

「……気が乗らないな」

昔の――冒険者だった頃の血気盛んな俺なら受けていたかもしれない。

けれど今の俺は違う。

どちらが強いかということにもはや興味がなくなっていた。

「お前の方が優れているということでいいから、勘弁してくれないか？」

「おいおい、つまらないことを言わないでくれよ」

リバルは前髪を掻《か》き上げると、歌うように言った。

「僕は君が首を縦に振るまで、どこまでも追いかけ続けるよ」

「ええ……」

それはいくら何でも嫌すぎる。

「受けてやったらどうじゃ。可哀想《かわいそう》じゃし」

マリリンが横からそう言ってきた。

「それにおぬしたちは魔法使いとしては超一流。そんな二人の決闘は、学園の生徒たちには良い刺激になるじゃろう」

にやりと笑みを浮かべる。

「カイゼルよ、可愛《かわい》い教え子たちのためにも一肌脱いでくれんか？」

「…………」

生徒たちのためという名目を出されると弱い。

断れない。

「――分かりました」

少しでも生徒たちの学びになるのなら。

決闘を受けるのもやむを得ないだろう。

「感謝しますよ、学園長先生。素直じゃないカイゼルの背中を押してくれて」

「…………」

俺が決闘を断ってみせたのは、本当は戦いたかったがそれを口に出すのは照れ臭かったからだと解釈しているらしい。

生徒たちのためという建前を与えたからこそ、乗ってきたのだと。

本当に気乗りしなかっただけなのだが……。


翌日。

俺とリバルの決闘は魔法学園にて行われることに。

演習場には大勢の見物客たちが集まっていた。

生徒たちはもちろんのこと、マリリンやノーマン、イレーネなど講師陣まで。その中にはメリルの姿も当然あった。

「パパ、がんばれー♪」

両手にポンポンを持ったチア姿のメリルは、俺に声援を送っていた。

「ほら、二人も応援しないと」

「いえ。私はそのような格好はちょっと……」

隣にいたエルザはやんわりと固辞していた。

「というかエルザ、あなた騎士団の仕事は？」

その隣にいたアンナがちくりと刺すように言う。

「もしかしてサボり？」

「い、今は巡回中ですので。これも巡回の一環です」

「ふう～～～ん」

「な、何ですかその目は。アンナこそどうしたのですか？」

「パパが決闘するっていうんだもの。絶対に見たいじゃない？　モニカちゃんに全部仕事を押しつけてきたわ」

「それはあんまりでは……？」

「普段、モニカちゃんは私に仕事の尻拭いをさせまくってるから。たまにはこっちの尻も拭わせてやらないと」

随分と賑《にぎ》やかな様子だな。

俺は苦笑しながら、演習場の中央でリバルと向き合う。

超一流の魔法使いでありながら、超一流の剣士でもあるリバルの手には、木剣が握られていた。

「真剣じゃなくていいのか?」

「木剣で充分だよ」

リバルは涼しげな表情で答える。

「僕は君に勝ちたいだけだ。傷つけたいわけじゃない。それに娘たちから父親を奪うわけにはいかないだろう?」

リバルは俺の娘たちに視線を流してから、ふっと笑った。

「もっとも、格好悪い姿を見せることにはなるかもしれないけど」

「そうならないよう努力するさ」

「よし、では儂《わし》が審判を務めるとしよう」

俺たちの間に降り立ったマリリンが言った。

「やみくもに戦っていてもキリがないからの。ルールを設けさせて貰《もら》うぞ。今からおぬしらに防御魔法を掛ける。一定のダメージを受けると、消滅する鎧《よろい》のようなものじゃ。それを先に削りきった方の勝ちにしよう」

「分かりました」

「僕としても異論はないよ」

マリリンは頷《うなず》くと、俺たちに防御魔法を掛ける。

身体《からだ》を魔力の鎧が覆った。

これで心置きなく戦うことができる。

俺たちは木剣を構えると、互いに臨戦態勢に入った。


「――では、始めじゃ！」


マリリンの合図と共に決闘の火蓋が切って落とされる。

「まずは小手調べといこうじゃないか」

リバルはその場で右手をかざすと、魔法を発動させる。

すると、彼の背後に出現した魔法陣から、水龍が飛び出した。

ヒュドラのようにいくつもの顔を持った水龍は、それぞれが意志を持っているかのようにこちらに迫ってきた。

初手から水属性の上級魔法。

しかも当然のように詠唱破棄――その上、通常詠唱した時と何ら遜色のない強い魔力を水龍たちは有している。
「おいおい。これのどこが小手調べなんだ?」
思わず苦笑を浮かべる。
木剣に魔力を纏《まと》わせると、牙を剝《む》いて喰《く》らおうと迫る水龍たちの首を刎《は》ねる。
間合いにまで引き付けての一撃。
ほんの僅かでも反応が遅れれば、即座に致命傷になりうる。
「僕にとってはほんの前戯のようなものさ」
リバルはふっと笑みを浮かべると、次の攻撃へと移行した。
「まだまだしつこく攻めさせて貰うよ」
放ったのは雷魔法——ライトニングボルト。
けれど、その矛先は俺には向いていなかった。
対象は自らの生みだした水龍。
——なるほど、そういうことか。
水龍に電魔法を纏わせることにより、剣による迎撃を封じた。
迎え撃った瞬間、全身を雷撃が駆け抜けることになるだろう。
なら、魔法で応戦するしかない。
水魔法はダメだ。水龍の雷が伝播《でんぱ》してくる。

火魔法や雷魔法も掻き消すには心許《こころもと》ない。

となると――。

「ウッドシールド！」

地面に手を突いて詠唱すると、足下の土がせり上がる。

魔力を帯びた土の盾が、水龍の侵攻を受け止めた。

互いの魔力がぶつかり合い、相殺される。

土の盾が砕け散るのと、水龍が霧散するのは同時だった。辺りには瓦解した土塊と水龍の遺《のこ》した冷気が漂っていた。

「一息つくにはまだ早いんじゃないかい？」

「――っ!?」

次の瞬間。

突如として氷の花が空気中に咲き誇った。

水龍の遺した冷気を種子にして咲かせた氷の世界。

それは目を奪われるほどに美しい光景。

だが、間近で開花していたら、鋭利な花弁に身を貫かれていただろう。

言わばこれは花の形をした爆弾だ。

空気中に冷気として設置しておけるから、相手の不意を突くことができる。

寸前のところで気づいたから回避することができたが、そうでなければ今頃は氷の花の起爆に巻き込まれていただろう。

「よく躱《かわ》したね。さすがの反応力だ」

リバルは不敵な笑みを浮かべる。

「並の人間なら、今ので終わっていただろう」

「ねえちょっと、パパ押されちゃってない？」

アンナが不安そうに口にした。

「あの人、もしかして相当強かったりする？」

「リバルは二属性を習得すれば一流だと言われる五大魔法のうち、カイゼルと同じく全ての属性を習得しておるからの」

マリリンが説明するように言った。

「五大魔法を極め、氷魔法などの応用魔法も使いこなせる。そんな魔法使いは賢者の名を冠する者以外にはおらん」

「じゃあ、パパと同じくらいの実力ってこと？」

「そういうことになるの」

「魔法学園時代、奴《やつ》に習得できない魔法は存在しないと言われていた。名門のシュバルツ家でも随一の天才魔法使い——」

ノーマンはリバルを見据えながら言った。

「それがあの男――リバル＝シュバルツじゃ」

「お褒めにあずかり光栄だね」

リバルは涼しげな笑みと共に答えると。

「だけど、僕は魔法だけではないよ」

次の瞬間。

リバルは火魔法――ファイアーボールを放った。

その標的は俺ではない。

ファイアーボールは大気中の氷の花々を撃ち抜いた。

氷の花々が溶け、その水が急速に蒸発したことで、俺の周囲には霧が立ちこめる。視界が一気に覆い隠された。

「ちっ」

俺は木剣を振るい、周囲の霧を払いのける。

一気に視界が拓《ひら》ける。

すると――。

すぐ目の前にまでリバルが踏み込んできていた。

「はあっ！」

繰り出されたリバルの突きを剣で受ける。

洗練された力強い一撃。

氷の花を布石として、ファイアーボールを使い霧を発生させた上で、こちらの間合いに一気に踏み込んでくる。

流れるような変幻自在の攻撃。

多くの手札を持つリバルだからこそ可能な芸当だ。

その上、決して器用貧乏なわけではなく、手札の一枚一枚が必殺の威力を持つ。並の使い手では手も足も出ないだろう。

俺もまた防戦を強いられていた。

「凄《すご》い……！　父上と互角に打ち合っています……！」

エルザは俺たちの打ち合いを目の当たりにして呟《つぶや》いた。

「魔法使いとして超一流でありながら、剣士としても父上に引けを取っていない。あの方の実力は間違いなく本物です……！」

リバルには剣においても並び立つ者がいなかった。

魔法使いでありながら、剣舞祭で前人未踏の三連覇を成し遂げるほどに。

それを可能にしたのは元々のずば抜けた才能は当然のこと、何よりも執念に基づいた血の滲《にじ》むような努力があってこそだ。

常に高みを目指して努力し続ける天才。

それが俺の知るリバルという男だった。

「ふうっ！」

リバルは少し離れた位置から突きを繰り出そうとする。

その位置からだと届かない。

だが——。

振り抜いた剣先が突如として、ぐんと伸びてきた。

いや、違う！

木剣の先端に氷を覆わせたことで、射程を延ばしているんだ。

「くっ……！」

咄嗟《とっさ》に左腕を盾にする。

氷の刃《やいば》は左腕に突き刺さった。

何とか致命傷は避けられた——が、身体を覆っていた魔力の鎧は、今ので随分ダメージを受けたことだろう。

「さすがだな、リバル。十八年経《た》っても全く衰えちゃいない。それどころかむしろ、経験を重ねた分だけ熟練している」

「これくらいは当然だよ」

リバルはふっと微笑《ほほえ》むと。

「僕は君にとって恥ずかしくない自分でいるために研鑽《けんさん》を重ね続けた。好敵手である君の顔に泥を塗るわけにはいかないからね」

その口調には確かな自負があった。

「カイゼル、君はどうだい？　僕に恥ずかしくない君であり続けたか？　今日までの成果を僕に見せてくれよ」

「――ああ、そうだな」

俺たちは互いに笑みを交わし合う。

戦いも佳境に差し掛かりつつある時だった。

「お、やってるやってる」

観客たちを搔《か》き分けて小さな人影が姿を現した。

エトラだった。

鍔《つば》の広い三角帽子に、黒のローブを身に纏っている。その慎《つつ》ましい胸元には、カジノの景品が入った大袋を抱えていた。

「エトラさん、あなた今まで何してたの？」

アンナが怪訝《けげん》そうに尋ねる。

「スロットだけど？」

「パパが決闘してるっていうのに？」

「朝一で台に並ぶより大事なことなんてないでしょ」

あっさりとそう言うと。

「こらカイゼル、なにちんたらやってんのよ。あたしが教えた魔法、あれを使えば一発で勝負がつくでしょうが」

エトラは野次を飛ばしてきた。

闘技場観戦で培った声量は耳によく届いた。

「あんたの勝ちに賭けてるんだから、しっかりしなさいよ」

「なに……!?」

リバルの表情が変わった。

「ちんたらやってたわけじゃないんだが」と俺は苦笑いを浮かべた。「今までずっと魔力を溜《た》めていたんだ」

俺はリバルと戦いながら、魔力を溜めていた。

その間、どうしても集中力は分散してしまう。

おかげで防戦一方を強いられた。

だが、それもここまでだ。

「リバル、俺もただ漠然と年を重ねてきたわけじゃない。お前に合わせる顔をなくさない程度には研鑽してきたつもりだ」

火、水、雷、土、風――。

五大魔法とその上に成り立つ応用魔法。

けれど、今から放つものはそれらとは全く違う。

エトラが無から生みだした創成魔法。

それを扱うことができるのは創造者であるエトラと、弟子である俺の二人のみ。他の誰にも扱うことはできない。

「ラストブレイカー！」

溜め込んだ魔力を術式に流し込み、発動。

その刹那――。

天地が割れるほどの衝撃波が巻き起こった。

凄《すさ》まじい速度で迫る巨大な魔力の奔流。

まず躱すことはできない。

だとすれば、取れる選択肢は一つだけ。

「はあああああっ！」

リバルは持てる力の全てを注ぎ込むと、魔法で迎撃しようとする。

だが。

圧倒的な魔力の奔流を前に瞬く間に掻き消されてしまう。

そのまま俺の放った魔法はリバルの全身を呑《の》み込んだ。

地面を深々と抉《えぐ》り取ると、大量の土煙を巻き起こした。

しばらくして――。

視界が晴れると、抉り取られた地面の上に立ち尽くすリバルの姿があった。

防御魔法の鎧《よろい》のおかげで傷はなかった。

だが、それはすでに全て剝がれ落ちていた。

「……僕は五大魔法は当然のこと、応用魔法に至るまで扱えない魔法はなかった。全ての魔法を上限まで極められた」

真《ま》っ直《す》ぐにこちらを見つめながら。

「人は皆《みんな》、そんな僕のことを天才と呼んだ。だけど違う。自分が一番習得したい魔法だけは習得できなかった」

ふっと笑みを口元に浮かべる。

自嘲するかのように。

「彼女の――大賢者エトラの創った魔法を扱えるのは君だけだった」

「勝負ありじゃな」

マリリンはリバルの防御魔法が解けているのを見て言った。

「この勝負──カイゼルの勝ちじゃ！」

そう告げた瞬間。

わあっ、と観客たちが沸き立った。

「さっすがパパ！　格好良かったー！」

駆け寄ってきたメリルが、俺に抱きついてくる。

「ふう、ヒヤヒヤしたわ」

「白熱した良い戦いでした」

アンナとエルザはホッとした面持ちをしていた。

どうにか父親の面目は保つことができたかな。

「つーか、もったいぶってないでさっさと出しなさいよ」

エトラが咎《とが》めるように俺に言う。

「なに？　盛り上げようとして、出し惜しみしてたわけ？　中々当たらない台を打ってるみたいでイライラしたわ」

「ノータイムで撃てるお前といっしょにしないでくれ。俺が撃とうとすれば、充分な魔力を溜める時間が必要なんだよ」

生憎《あいにく》、こちらはエトラとはものが違う。

エトラは今の創成魔法であっても、無詠唱かつノータイムで放つことができる。威力も俺が放ったものとそう変わらない。

　これこそが魔法使いの頂点だ。

「良い催しだったのう」

　マリリンが俺の下に労《ねぎら》いに来た。

「おぬしら超一流同士の戦いを見て、生徒たちにも良い刺激になったじゃろう。大いに学びを得られたじゃろうて」

　もっとも、と笑った。

「レベルの違いを目の当たりにして心が折れた者もいるかもしれんが」

「はは……」

　だとすれば、後々ケアしてあげないとな。

「………………」

　敗北を喫したリバルは、抉れた地面に仰《あお》向《む》けになっていた。空を仰ぎながら、閉じた貝のように沈黙を保っていた。

　ショックを受けているのだろうか？

　そう思っていたのだが――。

「ふふ……。はははははは！」

　突如として高笑いを上げ始めた。

俺たちは思わず顔を見合わせる。

「……ショックでおかしくなったのかの？」

マリリンが怪訝そうに言うと。

「いいえ、違いますよ。これは嬉《うれ》しくて笑っているのです」

「嬉しい？」

「長い年月が経っても、カイゼルは僕の理想の姿であり続けている。今もなお越えるべき壁として立ちはだかっている。そのことが嬉しくて堪《たま》らなかったのです」

リバルはそう言うと、微笑みかけてきた。

「カイゼル、それでこそ僕の永遠の好敵手だ」

「ええ……」

仰向けの状態で言われても。

「でもカイゼル先生は立派ですよね」とイレーネが言った。

「立派？」

「三人の子育てをしながら、今の強さを保ち続けてきたのですから。条件としてはリバルさんよりも不利なのに」

「ふっ……君は何か思い違いをしているみたいだね」

リバルが呆《あき》れたように笑みを漏らした。

「はい？」

「おい貴様、イレーネ先生をバカにするのは許さんぞ」

「ノーマン先生、そういうのは結構ですから」

「あ、はい」

イレーネに宥《なだ》められ、途端にしおらしくなるノーマン。

「僕とカイゼルは対等だよ。今日に至るまでの条件もね」

「どういうことだ……？」

リバルはそう言うと。

「先ほど君たちは僕に尋ねてきたね。カイゼルに執着がありながら、なぜ十八年間、姿を現さなかったのかと」

「……ああ」

リバルの執念からすると、俺が王都を去って故郷の村に帰ったと知れば、村にまで追いかけてきそうなものだ。

最初は俺に対する執着がなくなったのかと思っていた。

けれど再会して分かる通り、今もなおそれは続いていた。

となると。

何か別の理由があったということになる。

「その理由をお披露目しよう」

ぱちん、とリバルは指を高らかに鳴らした。

すると――。

足下に魔法陣が出現し、そこから人影が姿を現した。

立っていたのは、三人の女子たち。

雪のような白髪の大人しそうな子。

くりんとした目が可愛《かわい》らしい桃色の髪の子。

そして柄が悪そうな目つきの悪い金髪の子。

いずれも十代後半くらいだろうか。

俺の娘たちと同じくらいの年頃に見える。

「リバル、その子たちは？」

「紹介しよう。僕の娘たちだ」

「「えええええ!?」」

俺たちは一斉に声を上げていた。

特に旧知の仲である俺とエトラの声が際立っていた。

「娘!?　弟子とかじゃなく!?」

「正真正銘、僕の娘たちだよ」

リバルは娘たちの背後に立つと、俺たちを見据える。

「…………」

唖然《あぜん》としていた。

リバルに娘がいたとは――。

「というか、いつの間に？」

「君が子育てをするために故郷の村に帰ったと聞いたすぐ後だよ」

リバルはそう言うと、

「カイゼルが育てた娘たちだ。いずれ必ず名を成す存在になるだろうと思った。君の技術を継承するわけだからね。

その時、僕は気づいたんだ。僕にも子供がいれば、カイゼルの娘たちと競わせることができるじゃないかと」

「ええ……？」

「カイゼルの娘よりも僕の娘たちが優れていることを証明できれば、僕がカイゼルよりも優れていることの証明になるだろう？」

「そのために子供を作ったと？」

「いかにも」

リバルは胸に手を置いて、微笑《ほほえ》みを浮かべる。

「この男、思ってた以上にヤバいの」

「まさかここまでの執念だったとは……」

「さすがのあたしも引くわ」

その場にいた全員がドン引きしていた。

「しかし、子供を自分の目的のための道具のように扱うのはいかがなものかと」

イレーネが咎めるように言った。

確かにもっともな意見に思えた。

しかし、リバルはそれを一笑に付した。

「おかしなことを言うね。親が子を生《な》す時、そこにあるのは親のエゴだけだ。子のためを思って子を生す者はいない。

だってそうだろう？　まだ存在していないのだから。親が子を生す時、考えているのは自分の利益のことだけだよ。

親は皆、自分の目的のための道具として子を生している。

その点では僕と世の中の親たちは何も変わらない。それを自覚しているか、していないかの違いでしかない」

歌うようにそう持論を語り終えると。

「もちろん娘たちには何一つ不自由はさせなかった。最高の環境に最高の教育。親としてできることは全てしたつもりさ」

リバルは娘たちの肩に手を置きながら言った。

しかし、金髪の娘にはすげなく払われていた。

反抗期なのだろうか。

やれやれと肩を竦《すく》めてからリバルは俺を見据える。

「カイゼル、君に対する僕の執念によって、彼女たちは育て上げられた。だから実質、僕たちの娘と言っても過言ではない」

「それは過言だろ」

勝手に親にしないでくれ。

「つーか、母親はどうしたのよ？　まさかあんたが産んだわけじゃないでしょうに」

エトラは皆《みんな》が思っていたけど、聞きにくいことを聞いた。

この無遠慮さはさすが大賢者の格だ。

「ここにいるだろう」

リバルは自らに胸に手を置いて言った。

「は？　あんたは父親でしょうが」

「僕は父親であり、母親でもある。僕一人いれば事足りる」

有無を言わせぬ口調。

何か事情があるのは想像がついた。

それ以上踏み込むのは無粋というものだろう。

この辺りで矛を収めるのが大人の対応だ。

しかし。

「いや、それはムリあるでしょ」

そこで折れないのがエトラという人間だった。

「あんたは父親であって、母親ではないでしょ。じゃあ母乳出せんの？」

「ふっ……出そうと思えば」

「絶対ウソ。じゃあ今ここで出してみなさいよ。牛みたいにびゅーびゅー勢いよく母乳を出せたら認めてあげるわ」

「まあまあ、その話はもういいだろう」

俺は二人を宥めにかかった。

誰かが止めてやらないと、そのうち殴り合いが始まりそうだ。

殴り合い程度で済めばいいが、この二人が揉《も》めたら王都が吹き飛びかねない。

「そうだね。本題に戻ろう」

落ち着きを取り戻したリバルは先を続けた。

「僕の予想通り、カイゼルの娘たちは名を成す存在になった。今や彼女たちはこの王都の顔と呼んでも過言ではないだろう」

「それは娘たち自身の努力の賜物《たまもの》だけどな」

リバルはふっと笑みを浮かべると。

「だがそれもここまでだ」

「……というと？」

「僕の娘たちが君の娘たちを今の地位から追い落とす。騎士団、冒険者ギルド、魔法学園のトップになることでね」

大々的に野望を掲げてみせた。

「僕の娘たちが君の娘たちより優れていることを証明することで、僕は君に勝利することができるというわけさ」

そう言うと。

リバルは娘たちを見回しながら不敵に笑った。

「言っておくけど、彼女たちは手強《てごわ》いよ。僕が持てる力の全てを注いで育てた——自慢の娘たちだからね」

リバルの娘たちが俺の娘たちを見つめる眼差《まなざ》し。

それは親と同じ、好戦的なものだった。

俺の娘たちもまた、リバルの娘たちを見据えている。

互いの子供同士の代理戦争。
決闘の第二部が勝手に幕を開けたのだった。

第二話

数日後の夜。

王都の住民街にある一戸建ての我が家。

娘たちの好物である兎肉《うさぎにく》のシチューを食べ終えた後、リビングのテーブルを囲み、家族会議を執り行うことになった。

議題はリバルの娘たちについてだ。

「リバルさんの娘さん、騎士団に入団することになりました」

エルザが口火を切った。

「明日《あした》から出勤されるようで、共に騎士として働くことになります」

「そうか、随分早いな」

「というか、騎士団ってそんなに簡単に入れるの？」

アンナが尋ねる。

「身元がハッキリしていて前科がない方であれば、入団試験に合格できれば、基本的には誰でも入ることは可能です」

エルザが答える。

「実力さえあれば出自は問わないってわけね」

「ええ。ただ入団試験の難易度は高くて、合格率は十人に一人程度です」

「でもその子は受かったんでしょう？」

エルザは頷《うなず》いた。

「入団試験に立ち会ったのですが、見事なものでした。騎士団全体でもトップクラスの力を持っているかと」

「ふうん。言うだけのことはあるわね」

「アンナの方はどうでしたか？」

「私のところにも来たわよ。例の娘が。エルザのところは長女だったでしょ？　私のところは次女だったわ」

「ギルドマスター様から見た評価は？」

俺は冗談めかしながら尋ねる。

「面接に立ち会ったんだけど、頭の切れる子だったわ。仕事もできそうだし。自分の考えもきちんと持ってる」

どうやら高評価のようだった。

アンナがこうも他人を褒めるのは珍しい。

彼女は有能すぎるが故に、他の人に向ける目も厳しいからだ。

「じゃあ、採用したのですか？」

「ええ。うちは万年人手不足だし、使える人材が増えるのは喜ばしいことだから。その子の働きぶりにも期待してる」

ただ、と付け加えるように言った。

「個人的には苦手なタイプだけど」

「？」

何か気に障るところがあったのだろうか。

アンナにしては珍しい態度だった。

彼女は冷静が故に、人の好き嫌いは多くないからだ。

「メリルの方はどうだ？」

俺は尋ねてみる。

「魔法学園にリバルの娘はやってきたか？」

「さあ？　知らなーい」

「え？」

「メリルのクラスに転入してきた子がいるはずよ。シュバルツ姓だったから、リバルさんの娘に間違いないわ」

アンナはそう補足すると、呆《あき》れたように言う。

「というか、どうして知らないのよ。同じクラスなのに。普通、転入生として来たら嫌でも気づくものでしょう？」

「ボクはパパにしか興味ないからねー」

「相変わらずですね……」

エルザは苦笑を浮かべていた。

けれど、これでハッキリとした。

リバルの娘たちは、俺の娘たちの職場に乗り込んできていると。

「リバルさんの娘は入団試験の際、私に対して宣戦布告をしてきました。騎士団長の座は自分が頂戴すると」

「私は直接は言われなかったけど、当然そのつもりでしょうね」

リバルは言っていた。

自分の娘たちが俺の娘たちを今の地位から追い落とすと。

騎士団長、冒険者ギルドのギルドマスター、そして魔法学園の首席の座。全てを獲《と》った時に彼らの勝利が確定する。

「しかし凄《すご》い執念だな……」

この計画のためにリバルは十八年もの年月を掛けてきた。

三人の娘たちまで育て上げて。

子供たちを男手一つで育てるのがどれほど大変なことか。

それは同じ境遇の俺が一番よく分かる。

もっとも、俺の場合は村の人たちが協力してくれたからできたことで、一人だったら到底不可能だっただろう。

「というか、二人とも何ですんなり入れちゃったのさ」

メリルは小首を傾《かし》げながら言った。

「エルザは騎士団長で、アンナはギルドマスターでしょ？　そもそも試験とか面接の段階で弾《はじ》いちゃえばいいじゃん」

確かに。

一生徒であるメリルと違って、二人にはその権限がある。

しかし。

「それはできません」

エルザはきっぱりと宣言した。

「彼女は騎士団の入団条件は満たしています。そこに私の意思を介入させるのは、公平性に欠けるというものです」

「私も自分の好き嫌いで弾くことはしないわ」

アンナも同調する。

「まあ、こっちは万年人手不足だってこともあるけど。たとえ天敵であっても、使える子は喉から手が出るほど欲しいし」

二人は権力の座に就いているが、それをむやみに行使することはしない。たとえ自らに牙を剥《む》こうとする者であっても。

立派な考え方だな、と俺は思う。

「そもそも、負けるつもりはありません」

エルザは自らに言い聞かせるように言った。

「私は騎士団長の座を明け渡したりはしません。父上の顔に泥を塗らないためにも。必ず守り切ってみせます」

「ま、そういうことよね」

アンナは好戦的な微笑《ほほえ》みを浮かべる。

「ギルドマスターの座を奪ってやるくらいの野心を持ってる子がいた方が、私の仕事にも張り合いが出るってものよ」

「ボクも負けないよー」

メリルも乗ってくる。

「その子をボコボコにしたら、パパの方が凄いってことになるんでしょ？　なら遠慮せずに本気で行っちゃおうかな」

「程々にな」

さりげなく釘《くぎ》を刺しておく。

枷《かせ》の外れたメリルは何をしでかすか分からない。

「まあ、俺は見守ることしかできないが。応援してるよ」

リバルの娘たちと接することで、娘たちにも何か得られるものがあるだろう。お互いに刺激をし合えればいいなと思う。

不安もあるが、それ以上にどうなるか楽しみだ。


翌日。

今日は騎士団の教官業をすることになっていた。

奇《く》しくもそれはリバルの娘の初出勤日と重なっていた。

騎士団内でもトップクラスの力の持ち主。

噂《うわさ》に聞いていた子はいったいどんな子なのか。

実際に目にするのが楽しみだ。

朝、日課の鍛錬を終えてから俺が出勤すると。

練兵場にはすでに騎士たちが揃《そろ》っていた。ずらりと整列した騎士たちは、厳粛な面持ちをしている。

「全員揃ってるか？」

「いえ。まだスノウさんが来てないッス」

前列にいた女騎士──ナタリーが報告する。

ポニーテールが可愛《かわい》らしい彼女は、エルザに対して想《おも》いを寄せている。以前、うちの家に夜這《よば》いを掛けに来たこともあった。

「初日から遅刻か？」

寝坊だろうか？

それとも来る途中に何かあったのか。

「あれ？　でも俺、彼女を見たぞ？」

「僕も見ました」

「あたしが来た時には、もう出勤していたよ」

ざわついた騎士たちが次々に証言を並べる。

「ん？　じゃあ、一応出勤しては来てるってことか？……おかしいな。いったいどこに姿を晦《くら》ませたんだ？」

「父上、あれを……」

隣にいたエルザが囁《ささや》いてきた。

俺は促された先に視線を向ける。

練兵場にある打ち込みをするための案山子《かかし》のような的――打ち込み人形の陰に隠れて顔だけを覗《のぞ》かせている子がいた。

こっそりと様子を窺《うかが》っている。

「もしかして、君がスノウか？」

「……!!」

こちらに気づかれていると知ると、慌てて顔を引っ込めた。

しばらくして――。

恐る恐るというふうに顔を覗かせた彼女は、再び俺と目が合うと、びくっと弾かれたかのように引っ込んだ。

「……もしかして、俺は怖がられてるのか？」

「私が様子を見てきます」

エルザが打ち込み人形の方に駆けていった。

俺と騎士たちはその様子をしばし見守る。

少しの間の後――。

エルザが小さな身体《からだ》の女の子を肩に担ぎながら戻ってきた。

仕留められた獲物みたいだ。

近づいてくるに連れてその姿が鮮明になる。

雪のような髪。

どことなく目はぼーっとしており、端整な顔だち、浮世離れした雰囲気もあり、まるで妖精のような子だ。

「ただいま戻りました」

エルザの肩に担がれたスノウに俺は尋ねる。

「どうして物陰に隠れてたんだ？　出勤してたのに」

「……出るタイミングを見失ってしまった」

スノウはぼそりと目を合わせずに呟《つぶや》いた。

「タイミング？」

「最初から整列して待つのは、話しかけられそうで避けたかった。だから始業ギリギリに列に紛れ込もうと思った」

でも、と続けた。

「どんどん人が多くなって、出ていくタイミングを窺っているうちに、スノウ以外は全員揃って出られなくなったの巻……」

スノウは芝居がかったように呟いた。

「以上が事のあらまし」

「なるほど」

一応の事情は理解できた。

「けどそんな、出るタイミングなんて気にしなくとも。適当なところで出てきて、列の中に溶け込めば良かったのに」

「それは陽キャの思考……！」

それまで抑揚のなかったスノウの口調が強くなった。

「陽キャには分かるまい……！　我々日陰に生きる陰キャにとって、不必要に注目されることは何よりも怖い……！」

「そうなのか？」

「褒められて注目を浴びるのは嬉《うれ》しい。承認欲求満たされまくりでうっとり。でもそれ以外は極力目立ちたくない……！」

「そういう考え方もあるんだな」

彼女の論理は把握した。

「けど今、凄い注目されているが」

「……!!」

騎士たちの視線を一身に集めている。

そのことに気づいた瞬間、エルザの肩に抱えられていたスノウの顔は、みるみるうちに真っ赤に染まっていった。

表情こそ変わらないものの、激しく羞恥しているのは伝わってくる。がくり、と項垂《うなだ》れると観念したように呟いた。

「スノウの騎士人生、これにて幕引き……！」

「まだ初日だけどな」

幕も開いていないだろう。

「だけど、こんなに自意識過剰というか、引っ込み思案な子だとは。エルザの話を聞いて受けた印象とは随分と違うな」

「いえ。入団試験の際はもっと堂々としていましたよ」

エルザは困惑した面持ちで言った。

「人見知りすることも、引っ込み思案な面も全く見られませんでしたし。足先からつむじまで自信が漲《みなぎ》っていました」

すると騎士たちもそれぞれ記憶を辿《たど》り始める。

「確かにあの時は全然違ったよな」

「背筋もぴんと伸びてたし」

「大勢の前でもまるで萎縮してなかった」

証言を聞く限り、今のスノウとは似ても似つかない。

まるで別人だ。

「もしかして二重人格だったりするのか？」

「……なにその設定、格好良い」

スノウは目を輝かせている。

この反応を見るに、そういうわけでもないみたいだ。

「やあスノウ、調子はどうだい？」

気さくな声が練兵場に響いた。

振り返ると、そこにはリバルの姿があった。

「……パパ上！」

その瞬間、スノウの表情がぱあっと明るくなった。

「リバル、様子を観《み》に来たのか？」

「自慢の娘の勇姿を見届けようと思ってね」

「親バカだな」

自分のことを棚に上げて言う俺。

「というか、パパ上ってのはどうなんだ」

「良い呼び名だろう？」

リバルはどや顔で前髪を掻《か》き上げると。

「スノウ、騎士団長にはなれそうかい？」

「……もちろん。カイゼルの娘は私にとっても負かすべき相手。スノウが必ず、騎士団長の座を奪い取ってみせる」

「急に元気になったな」

さっきまでの萎《しお》れっぷりはどこへやら。

水を得た魚のように生き生きとしていた。

「そういえば、入団試験の際もリバルさんは同席していました。試験を受ける様子を傍らで見守っていました」

リバルの奴《やつ》、入団試験も観に来ていたのか。

授業参観みたいなノリだな。

「スノウは少々、人見知りする性格でね。僕がいるところでは元気だが、いないところでは萎縮してしまうんだ」

父親が傍《そば》にいると安心して堂々と振る舞えるが、いないところでは不安になって先ほどのようになってしまう。

つまりはだ。

「ファザコンだな」

「ファザコンですね」

俺とエルザは同じ見解に至った。

スノウは重度のファザコンだ。

その点ではエルザと良い勝負ができるかもしれない。


騎士団の鍛錬が始まった。

俺は教官として騎士たちに剣術の指導をする。

騎士たちは皆《みんな》、鎧《よろい》を身に着けた状態で走り込みに出ていた。

戦いにおいてはまず何よりも基礎的な体力が必要となる。体力が尽き、疲弊したところが一番狙われやすいからだ。

「ウォーミングアップで王都を百周は鬼すぎる……！」

「いくらやっても慣れねえ～！」

「地獄すぎるッス～！」

これまでの鍛錬の積み重ねにより、最初より随分と体力がついてきた。それでも五十周を越えると様相は変わってくる。

騎士たちの足取りは重く、今にも力尽きそうな表情。

それもそのはず。

ただの走り込みならまだしも、実戦と同じ鎧を身に着けているのだ。

シンプルだが、それ故に基礎体力の差が浮き彫りとなる鍛錬。

普段はエルザだけが独走して、後の騎士たちは団子状態になっている。

しかし。

「……しゅたたたた」

今日は頭一つ抜け出す者がもう一人――スノウだった。

彼女は両手を広げた独特なフォームで、自らの走る効果音を口走りながら、エルザの後にぴたりと付けていた。

鎧を身に着けているにもかかわらず、羽のように足取りは軽い。

「おお、凄《すご》いな」

俺は手元の端末を眺めながら呟いた。

これは魔導器であり、遠視魔法の映像を映し出すことができる。これで騎士たちの走る姿が把握できた。

「当然だ。彼女は僕の指導の下に育ったのだから」

リバルは誇らしげに微笑《ほほえ》む。

「僕たちは修行のために世界各地を転々としていた。スノウは山中で長期間、サバイバル生活を送っていたこともある」

山の中を駆け回ることで培った圧倒的な脚力。

王都で快適な暮らしを送っている騎士たちが敵《かな》うはずもない。

スノウはぽけーっとした見た目に似合わず、野生児だった。

「悪いがこの勝負は、スノウがいただくよ」

リバルは不敵な笑みを俺に向けてくる。

走り込みは白熱していた。

エルザもスノウも全く速度が落ちないまま走り続ける。

二人はすでに九十九周走り終えていた。

ここからはラストスパート。

エルザが石畳を砕くほど強く踏み込むと、ぐん、ともう一段速くなった。スノウもそれに負けじと加速する。

「一着は譲りません！」

「……勝つのは私」

張り合いながら駆ける二人。

ついにゴールである練兵場に続く最後の直線に差し掛かる。エルザとスノウは持てる力の全てを振り絞って爆走する。

「行けっ！　そこだ！　刺せ――――――っ！」

「エルザ！　負けるな！」

俺とリバルは端末の映像に釘付《くぎづ》けになっていた。

互いに声援を飛ばし合う。

最初は何気なく見守っていたのに、いざ白熱した展開になってくると、親としてつい熱が入ってしまっていた。

しかし俺たちのこの光景。

端から見ると競馬にでも興じていると勘違いされかねないな。

エルザとスノウは抜きつ抜かれつを繰り返しながら、ゴールである練兵場の敷地の境界線をほとんど同時に踏み越えた。

「どっちだ!?」

「映像で確認してみよう」

端末が捉えた映像は少しの間なら巻き戻すことができる。

俺は時間を戻した。

二人がゴールする瞬間を、コマ送りしながら確認する。

「……これは同着だな」

「そのようだね」

エルザとスノウは同時にゴールラインに達していた。僅かの優劣も付けられない、完全に同じタイミングだった。

「さすがは君の娘と言ったところか」

リバルはそう言うと。

「だが、スノウも中々のものだっただろう？」

「そうだな」

頷《うなず》いて答える。

「エルザと張り合えるのは大したものだ」

親同士が互いの娘の健闘を称《たた》え合う中。

「スノウさん、素晴らしい走りでした」

「……これくらいは当然」

スノウはふっと口元に微笑をたたえる。

「……あなたもそこそこ凄い」

「お褒めにあずかり光栄です」

娘たちも微笑みを交わし合っていた。

「そういえば、他の皆さんは？」

「まだ全然後ろの方だぞ」

端末にはよろよろとゾンビのような足取りの騎士たちが映し出されていた。

二人がゴールするのが早すぎたせいで、他の騎士たちがゴールするまで膨大な待ち時間が発生してしまうのだった。

走り込みを終え、筋トレをこなすと、次は打ち合いだ。

騎士たちはそれぞれ一対一になり、木剣を用いて戦う。

度重なる鍛錬ですでに皆の身体《からだ》は疲弊しきっており、全身に乾いた泥の塊を被《かぶ》っているかのように動きが鈍っていた。

そんな中、やはりスノウは別格だった。

打ち合いの相手だったナタリーの太刀筋を全ていとも容易《たやす》く躱《かわ》すと、針の穴を通すかのような正確無比な一撃を脳天に落とした。

「ぎゃああああああッス！」

会心の一撃を食らったナタリーは、もんどり打って倒れた。脳天を押さえながら、苦悶《くもん》に両足をバタバタさせている。

「……私の勝ち。ぶい」

スノウは無表情のまま、ピースサインを覗《のぞ》かせた。

完膚なきまでに叩《たた》きのめしていた。

「ナタリー、大丈夫ですか？」

エルザは干上がったカエルのように伸びきったナタリーに尋ねる。

「も、もうダメッス～！　頭が割れるように痛い……というかもう割れてる……！　このままだと取り返しのつかないことにぃぃ！」

「ええ!?　そんなにですか!?　ど、どうすれば……」

あたふたとしているエルザ。

その様子を見たナタリーはにやりと笑うと、か細い声で嘆願する。

「エルザさんに膝枕されて、よしよしされて、いたいのいたいの飛んでいけ～って言って貰《もら》えば乗り切れる気がするッス……！」

ん？

「そんなのでよいのですか？　包帯を巻いたり、父上にお願いして、回復魔法を使っていただいた方がいいのでは……」

「うちが言うんだから間違いないッス！」

圧が凄い。

頭が割れそうに痛い人間が出せる声量ではない。

「そ、それで尊い人命が助かるのなら……」

エルザは言われるがまま、倒れていたナタリーを膝枕する。そして患部である頭を労《いたわ》るようにゆっくりと撫《な》でながら呟《つぶや》いた。

「い、いたいのいたいの飛んでいけ～」

「うへへえ。しあわせえええええ」

ナタリーはあへあへしていた。

よだれを垂らし、煩悩丸出しになっている。

やられてもタダでは起きない。ピンチをチャンスに変えてみせた。たくましいが、他の者に見倣って欲しい姿ではない。

「これで元気になりましたか？」

「あと一押しってところッスね。エルザさんとうちが籍を――」

「こらこら」

ちょっと調子に乗りすぎだ。

俺はナタリーの暴走を止めるため、回復魔法を行使した。かざした手のひらの光が、頭の傷を瞬く間に癒やした。

「よし、これで完治だな」

「うぐ……勿体《もったい》ないッス～！」

俺たちがそんなやり取りを繰り広げる一方。

騎士たちはスノウの強さに驚嘆していた。

「凄いな。これで十人抜きだぜ」

「誰も一撃も入れられてない」

「入団以来、こんなにすぐ頭角を現した奴《やつ》なんて、騎士団の長い歴史でもエルザ騎士団長くらいじゃないか？」

「エルザ騎士団長とどっちが強いんだろうな」

スノウは騎士の一人を打ち負かした後、ゆっくりとエルザの下に歩み寄ると、木剣の先端を突きつけた。

「……エルザ、騎士団長の座を懸けて、いざ尋常に勝負」

それは宣戦布告だった。

しかし。

「すみませんが、それはできません」

あっさりと断られた。

「……………なるほど」

しばらく思案の時間を置いた後。

スノウは地面に膝をつくと。

「……騎士団長の座、ください」

いきなり額を床にこすりつけ、土下座した。

「ええ!?」

これにはエルザもビックリしていた。

「な、何をしてるんですか!?」

「お願いの仕方が悪かったのかと」

スノウはそう言うと、深々と頭を下げる。

「このとーり」

「そういうことではありません！」

エルザは慌ててスノウの頭を上げさせながら言う。

「騎士団長は責任のある立場ですから。私の一存では決められないということです。大勢の方に迷惑が掛かりますから」

「……？」

あんまりぴんと来ていないようだ。

まあ、スノウは世界中を転々としてきたと言うし、組織に属した経験に乏しいから想像できないのも仕方ない。

騎士団長はただ騎士たちのトップというだけではない。王都各所の組織と繋《つな》がり、連携を取っている。

いきなり騎士団長が変わるようなことになれば、周囲も混乱するだろう。

「ともかく、騎士団長の座を懸けることはできません」

「……ざんねん」

しょんぼりと肩を落としてしまうスノウ。

その様子を見て、ただ、とエルザは付け加えた。

「打ち合いの相手を務めることはできます」

「いいじゃないか」

リバルは助け船を出すように言う。

「打ち合いでエルザを倒して自らの強さを皆《みんな》に知らしめる。そうすればおのずと騎士団長の座も付いてくるだろう」

「……なるほどがってん」

父親の言葉を聞いてスノウは納得したようだ。

「では、いざ尋常に勝負」


そして結局、打ち合いをすることになった。

練兵場の中心部。

エルザとスノウは木剣を手に向かい合う。

俺やリバル、騎士たちはその様子を固唾を呑《の》んで見守っていた。

「な、なんだあの構えは……!?」

騎士たちはスノウの佇《たたず》まいを前にざわついていた。

スノウは両手に木剣を携えていた。

二刀流だ。

「さっきまでは普通に戦ってたのに」

騎士たちとの打ち合いでは、木剣は一本だけだった。

するとリバルが得意げに解説する。

「スノウは元来二刀流だ。二本揃《そろ》って初めて本領が発揮される。つまり先ほどまでの戦いは半分の力も出していないということだ」

「なぜ二刀流なのですか？」

エルザはスノウに対して尋ねていた。

二刀流の剣士はかなり珍しい。

「……よくぞ聞いてくれました」

スノウは良いパスがきたとばかりにふっと笑みをたたえる。

「これには深い深い理由がある……」

意味深なセリフを口にする。

何かとんでもないエピソードでもあるのだろうか。

たとえば、彼女にとっての大切な人から剣を託されて、自分の分と合わせて使っているから二刀流になったとかそういう熱い感じの話が。

「そ、その理由というのは……？」

「剣は二本持っていた方が格好良いから」

どや顔でそう答えるスノウ。

めちゃくちゃ浅い理由だった。

「本当は両手両足の四刀流になりたかった。でも、両足に剣を握っていたら、動けないということに気づいた」

それもそうだが、二本はまだしも、四刀流まで行くと格好良くないのでは？

両足に剣を握っていたら、見た目、かなり滑稽だと思うが。

まあ、価値観は人それぞれだが。

「だがリバル、二刀流の指導は大変だっただろう」

「どうしてもそれがいいというのだから仕方ない。彼女の意向を尊重して、存分に二刀流で力を発揮できるよう指導した」

リバルはそう言うと。

「さあスノウ！　君の剣技を見せてやるんだ！」

「……がってんしょうち」

スノウは応えるように両手の剣を交差させた。

先に動いたのは向こうからだった。

スノウは勢いよく地面を蹴ると、宙高く跳躍した。

ほとんど垂直に飛んでいた。

何をするつもりだ？　そう思った途端のことだった。

ぐん、と。

スノウは空中で前傾姿勢を取ると、まるで見えない透明の壁を蹴るように、エルザの下に弾丸のように突っ込む。

「あれは――風魔法か!?」

俺の前でリバルは言っていた。娘たちには自分の持てる力の全てを注いだと。

超一流の剣士であり、超一流の魔法使いであるリバル。

その指導を受けたスノウもまた、両方を継承していた。

つまり彼女は魔法剣士だった。

「くっ……!?」

エルザは寸前のところでスノウの突進を躱《かわ》した。

加速した勢いの乗った剣戟《けんげき》を喰《く》らえば、ただでは済まない。

迎え撃とうにも、勢いがありすぎて押し負けてしまう。

スノウは地面に着地すると、その勢いのまま再び空中に跳躍した。エルザに反撃する暇を与えてはくれない。

見えない壁を蹴ると、また弾丸のように突っ込んでくる。

動きを止めることなく、空中を自在に駆け回る。

それを為《な》すことができるのは、彼女の秀でた風魔法の才能と、山中でのサバイバル生活で培った圧倒的な脚力とスタミナだ。

「このままでは埒《らち》が明きません……！――攻めます！」

直線に突進してくるスノウを迎え撃とうと対峙《たいじ》するエルザ。

エルザは一《いち》か八《ばち》か、突っ込んできたところに合わせて剣を振るう。

その瞬間だった。

突っ込んでくる途中で、スノウの軌道が変わった。

直線だったのが、上方向に跳ねた。

向かってきた剣を躱すと、スノウはエルザの頭の上を飛び越える。

「しまった！」

完全に不意を突かれた。

スノウはエルザの背後に着地すると、素早く切り返し、今度は足下の床を砕くほどに強く踏み込んで突っ込んでくる。

弾《はじ》かれたように振り返ったエルザは、咄嗟《とっさ》に木剣で受け止めた。

しかし。

その勢いに押し負け、遥《はる》か後方へと吹き飛ばされた。

練兵場の敷地を囲む壁に背中から叩《たた》きつけられる。

「……ちゃんす到来」

すかさずスノウは追撃しようと迫る。

間合いに入るのと同時。

身体《からだ》を回転させ、竜巻のように両手の剣を振るう。

エルザは素早く起き上がると、繰り出される剣戟と相対する。縦横無尽、二本の剣が冬の嵐のように叩き込まれる。

「――っ!? 手数が多くて、剣筋が読めません……！」

「どうだい？ これがスノウの実力だよ」

リバルは俺に向かってどや顔を向けてくる。

親バカを全開にさせながら。

「確かにスノウの剣技は大したものだ。二刀流に風魔法を組み合わせた戦法は、剣と魔法が一流でないと扱えないだろう」

「ふふ。そうだろうそうだろう」

「だが、俺の娘も負けてはいない」

「なに？」

「……おかしい。攻めきれない」

次第にスノウの顔色が曇り始めた。

嵐のような怒濤《どとう》の剣戟を繰り出すスノウ。ダメージは与えることができても、決定打を浴びせることは敵《かな》わない。

エルザは決定打になるような一撃だけは、何とか防いでいた。それどころか徐々に剣筋を見切りつつあった。

「……なぜ。そんなはずは……」

「父上との打ち合いはもっと激しかったですから！」

エルザは一瞬の隙を見て、防御から攻めに転じる。

「ここです！――やああっ！」

裂帛《れっぱく》の気合いを込めた一撃。

しかし。

剣を振るった時には、スノウはすでに空中に退《ひ》いていた。

野生児としての本能が警鐘を鳴らしたのか、寸前のところでエルザの反撃を悟り、退避の選択肢を取っていた。

「……危ないところだった。逃げてなければ、やられていた」

スノウは空中に獣のように四《よ》つん這《ば》いで張り付きながら、ほっと息を吐く。ギリギリの攻防だったのが伝わってくる。

「……地上戦は避けないと」

「そうだスノウ、それでいい」

リバルは娘の選択に頷《うなず》いていた。

「カイゼル、君の娘は魔法は使えないのだろう？　そして僕の記憶では、君の剣技の中に空にいるスノウを倒せるものはなかった」

つまりだ、と勝ち誇った笑みを浮かべる。

「君の娘には、スノウを倒す術《すべ》はない」

「そうだな」

俺はその言葉に答えた。

「確かにエルザに魔法は使えない。俺が教えてやれる剣技だけでは、スノウとの空中戦を制すことはできないだろう」

だけど、と続けた。

「彼女は王都に来てから、大勢の人たちと触れ合ってきた。あいつは俺以外の人間からも色々と吸収している」

空中にいるスノウに照準を合わせるように。

エルザは木剣を大上段に構えた。

その瞬間、纏《まと》っていた空気が一変した。

「あれは――レジーナの構え……!?」

俺だけじゃない。

エルザはレジーナからも指導を受けていた。

レジーナの得意とする技。

それは放った剣から斬撃を飛ばすことができる――。

「はあああああっ！」

エルザは空中に向けて木剣を鋭く振るった。

その瞬間。

大気が切り裂かれ、斬撃が空を駆け上がった。

「……っ!?」

躱す暇もないほどの速度と規模。

宙にいたスノウは、飛ぶ斬撃に撃ち抜かれた。

羽をなくした鳥のように力なく落ちると、地面に倒れた。それでも余力を振り絞り、身体を起こそうとした時だった。

すっ、と。

木剣の剣先がスノウの眼前に突きつけられる。

「私の勝ちです」

エルザは凜《りん》とした口調でそう言い放った。

挽回《ばんかい》不可能な状況。

完全に勝負あったと言っていいだろう。

「……すごい」

スノウはぽつりと泡のように呟《つぶや》いた。

「……スノウよりも格好良い剣士、初めて見た」

エルザの剣技は衝撃だったらしい。

スノウはすっとその場に膝をつけると。

「まいりました」

ぺたりと額を地面につけて降伏宣言をした。

潔い姿だった。

「スノウさんも素晴らしい剣技でした」

エルザはふっと微笑《ほほえ》みを浮かべると、手を差し伸べた。

「うおおおお！　すげえ戦いだった」

「エルザ騎士団長、さすがだぜ！」

「けど、新入りも大健闘だったぞ！」

観客の騎士たちは大盛り上がりして沸いていた。

「まさかレジーナの剣技を習得していたとはね」

リバルはふっと口惜しげに笑みを漏らした。そして俺を見やる。

「ここは一旦、君たちに花を持たせるとしよう」

「だが、スノウも大したものだった」

「僕の娘だからね。当然だよ」

誇らしげに言うリバル。

「負けはしたものの、良い戦いぶりだった。今夜のディナーは、彼女の好物のオムライスを振る舞うとしよう」

子供っぽい好物だ。

というか、リバルも料理ができたのか。

ちなみに一つ補足しておくと——。

俺も空中にいる敵を倒せる剣技は有している。リバルと別れた後、村で子育てしていた期間に身に付けたものだ。

ただエルザは習得することができなかった。

どうやら高度すぎたらしい。

「…………ありがとう」

エルザの差し伸べた手を取り、立ち上がるスノウ。

互いに剣を交えたことにより、分かり合うものがあったのだろう。

スノウがエルザを見る眼差《まなざ》しからは、敵意が消えていた。

少しは和解できたのだろうか。

そうだといいなと思う。

単に敵対する相手ではなく、お互いを高め合える好敵手になれればいい。俺とリバルの関係がそうであったように。


その日の夜。

通りにある酒場は騎士団の貸し切りになっていた。

スノウの歓迎会を行うためだ。

とはいえ、歓迎会というのはあくまで名目で、実際はただの飲み会だ。

騎士たちは普段、厳しい鍛錬に身を置いていることもあり、羽目を外すことのできる口実を求めているところがあった。

「ボン・ロストック！　裸踊りをさせていただきます！」

飲み始めてしばらくした頃。

騎士の一人が威勢良く名乗りを上げた。

「いいぞー！」

「やれやれー！」

周りの騎士たちが囃《はや》し立てる。

すでに酔いが随分と回っていることもあり、悪ノリが蔓延《はびこ》っていた。

俺はその様子を離れた席から見物していた。

騎士団の教官ということで同席しているが、騎士たちの喧噪《けんそう》を輪の外から、ちびちびと酒を飲みながら眺めていた。

「見えそうで～？　見えない～！」

裸になった騎士はお盆で股間を隠していた。高速で裏返したり、もう一つのお盆と交互に入れ替えたりしている。

「ぎゃはははは！」

「最高ー！」

「むしろ失敗しろ！」

野太い馬鹿笑いが店内に響き渡る。

滅茶苦茶《めちゃくちゃ》しょうもない。

しかし、酒が入っている状態だと、一番ウケる芸だった。

「………不潔です」

離れた場所にいたエルザは顔を赤らめながら、呆《あき》れたように目を逸《そ》らしていた。

ただ、騎士たちの息抜きを邪魔するのは野暮だと思っているのか、止めるようなことはしていなかった。

本日の主役であるスノウは端の席に一人ぽつりと座っていた。手持ち無沙汰なのか、テーブルの木目を数えていた。

最初のうちは周りの騎士たちからも話しかけられていた。

しかし人見知りが発動して、まるで応えられないでいた。もじもじとしたり、断片的な言葉しか返せないでいた。

そうしているうちに、あまり話したくないのかもと周りに解釈されたらしく、騎士たちの関心は他のところに向いてしまった。

リバルがいればまだ違ったかもしれない。

けれど、今この場に彼はいない。

教官である俺はともかく、リバルは部外者だ。この場には同席していなかった。

「…………」

スノウは寂しげに座っていた。

賑《にぎ》わっている場だからこそ、疎外感を覚えているのだろう。

自分は誰とも繋《つな》がれていない――。

そんな思いに駆られているのかもしれない。

話しかけに行った方がいいかな。

俺が席から腰を浮かそうとした時だった。

「隣、良いですか？」

先にエルザが声を掛けていた。

騎士団長として一番上座に座っていた彼女だが、騎士たちが裸踊りに釘付《くぎづ》けになっているのを見計らって移動してきた。

「……（こくり）」

スノウが頷いたのを見て、エルザは微笑みながら隣の席に座った。

「騒がしいですよね」

大盛り上がりの騎士たちを遠巻きに眺めながら苦笑する。

「……でも、とても楽しそう」

スノウはそう言うと、ぽつりと呟いた。

「……今頃になって気づいたことがある」

「なんですか？」

「スノウは今まで、パパ上や姉妹以外の人と仲良くなれたことがない。だから騎士団長になるのはちょっとムリっぽい」

疎外感に襲われたスノウは自信を喪失していた。

その様子を見たエルザは、ふっと柔らかい表情を浮かべると。

「私も騎士団に入ったばかりの頃はまるで馴染《なじ》めませんでした」

「……そうなの？」

「ええ。男所帯の中で女性の私は完全に浮いていましたから」

エルザは当時を思い出すようにジョッキの中の水面を見つめる。

「今でこそ風通しは良くなりましたが、当時は全然違っていて。他の騎士から嫌がらせを受けたり無視されたりもありました」

そうだったのか。

月に一度、村にいる俺に宛てて送ってくれていた手紙の中では、そんなことは一言も記されてはいなかった。

親には伝えにくいことだったのだろう。

「……でも今、エルザは皆《みんな》に慕われている」

「最初は誰も認めてくれませんでしたし、仲良くもなれませんでした。けれど、毎日愚直に努力をしていくうちに少しずつ変わりました」

だから、とエルザは勇気づけるように言った。

「スノウさんも大丈夫ですよ。すぐに皆とも打ち解けられます。だから、騎士団長の座を諦める必要もないと思います」

「……なるほど」

スノウはそう呟くと、不思議そうに尋ねる。

「だけど、いいの？」

「何がですか？」

「今のは敵に利を与える行為」

確かに結果的にはそうなる。

放っておいたらスノウは騎士団長の座を諦めていただろう。

けれど。

「私はスノウさんを敵だと思ったことはありませんよ？」

エルザはあっさりとそう言った。

彼女は別にスノウを敵視してはいない。

「それに騎士団長の座を奪おうとするなら、これまで以上に努力して、明け渡さないようにするだけですから」

ただ真っ向から正々堂々、受けて立つだけだと言うエルザ。

「ところでスノウさん、昼間の打ち合いでの剣技についてですが。あの戦い方はいったいどこから着想を得たのですか？」

　質問されたスノウは、嬉《うれ》しそうに耳をぴくりとさせた。

「もしや、スノウに興味が……？」

「はい。興味津々です」

　エルザは頷《うなず》いた。

「私はもっとスノウさんのこと、知りたいと思っています」

「……！」

　耳がまたぴくぴくと嬉しそうに動いた。

　頬は上気している。

　こほん、と一度咳払《せきばら》いをすると。

「……な、ならば仕方ない。教えてしんぜよう」

「ありがとうございます！」

「た、ただし条件がある」

「条件ですか？」

　スノウはしばらく目を泳がせると、両手の指をつんつんと合わせ、消え入りそうなほどの小さな声で呟《つぶや》いた。

「……エルザのことも、教えて欲しい」

「……！」

それを聞いたエルザは少しの間、ぽかんとした表情を浮かべていたが、やがて柔らかな笑みを浮かべると。

「もちろんです！」

飲み会の話題となれば益体もないものばかりだ。

現に騎士たちは下ネタと女の話ばかりしていた。

けれど二人は違った。

剣についての話を、延々と熱量高く、楽しそうに繰り広げていた。

互いに目を輝かせながら、話題は尽きることがない。同じ高みにいる者同士、話が合う相手が少ないというのもあるかもしれない。

人見知りだったスノウも、エルザに対しては普通に話せていた。

そして飲み会が終わる頃になると。

「……エルザ、すき」

スノウはすっかり心を開き、エルザにぎゅっと抱きついていた。

「ふふ。何だか新しく妹ができたみたいですね」

エルザもまんざらではなさそうだった。

次女のアンナはしっかり者で、末っ子のメリルは俺にだけ甘えていたから、甘えられることが嬉しいのかもしれない。

すると。

「あ――――っ!?　何してるッスか!?」

店いっぱいに悲鳴のような声が響き渡った。

血相を変えたナタリーが二人を指さしていた。

飲み会が始まるとすぐに酔い潰れて寝ていた彼女だが、終盤になった今頃になって目を覚ましたようだった。

「ズルいズルいズルいッス！　エルザさんに抱きつくなんて！　うちもその豊満な胸の中に顔を埋《うず》めたいッス！」

「ダメ。エルザの胸はスノウだけのもの」

「だったら実力行使で奪い取るッス！」

「ムリ。あなたでは勝てない」

「二人とも、喧嘩《けんか》は止《や》めてください！」

エルザを巡って取っ組み合いの喧嘩を始めるナタリーとスノウ。

そしてそれを止めようとするエルザ。

争っているのを見てやんややんやと囃し立てる騎士たち。そしてその光景を苦笑交じりに傍観している俺。

賑やかな王都の夜は更けていくのだった。

第三話

騎士団の出来事が一段落した後日。

俺は冒険者ギルドに向かっていた。

今日はレジーナと共に任務をこなす予定があったからだ。

レジーナはかつて俺とパーティを組んでいたAランク冒険者だ。

少々気難しいが根は良い奴《やつ》で、たまにエルザに剣の指導をしている。かつては方々の街を転々としていたが、今は王都に滞在していた。

――しまった。プリムの家庭教師が長引いてしまった……。

冒険者ギルドに向かう俺の気分は、暗澹《あんたん》としていた。

午前中にこの国の王女であるプリムの家庭教師をこなしていた俺は、レジーナとの待ち合わせ時刻に遅れてしまっていた。

――あいつ、待たされるのが嫌いだからな。絶対機嫌を損ねてるだろう。想像するだけでも恐ろしい……！

時間が来てもプリムが帰してくれなかったと言い訳しても、却《かえ》って火に油を注ぐ結果になってしまうだろう。

とにかくまずは向かわなければ。

大急ぎで冒険者ギルドの扉を開けると、室内に駆け込んだ。

「あ、カイゼルさんじゃないですかー」

冒険者ギルドの受付嬢――モニカが声を掛けてきた。

彼女はギルド内でアンナよりも唯一若い受付嬢だ。

ちゃらんぽらんでサボり癖があり、いつもアンナに尻を叩《たた》かれている。それでもどこか憎めない愛嬌《あいきょう》がある子だった。

「最近、顔出してくれないから依頼が溜《た》まりまくっちゃって。私も残業続きでほんと大変だったんですからねー？」

モニカは不満そうにむくれながら言うと。

「その分、今日はしこたま働いて貰《もら》いますから！」

バシバシと背中を叩いてきた。

父親くらい年齢が離れている相手にも遠慮がない。

これくらいずけずけと来られると、むしろ嬉しくなる。年を取って立場が上がると、皆気を遣ってくるようになるから。

俺がレジーナの姿を捜そうとすると。

「それより聞いてください。私、後輩ができたんですよー」

モニカは再び自分の話をし始めた。

「ドロテアちゃんって言う子なんですけど。すっごい可愛《かわい》らしい子でー。もうお人形さんみたいなんですよー」

ドロテア……。

恐らくその新人の受付嬢が、リバルの娘なのだろう。

「その子、シュバルツってファミリーネームか？」

「あ、そうですそうです。年も私と同じですし。親近感沸きまくりっていうか。何よりも初めてできた後輩ちゃんですからね」

やっぱりそうだ。

モニカはふふんと誇らしげに鼻を鳴らすと。

「万年後輩だった私もついに先輩ですよ！　モニカ先輩とか呼ばれちゃって。いやー良い響きですねえー！」

「お、おめでとう」

「せっかくできた後輩ですし、しこたま扱《こ》き使ってやろうと思って。取《と》り敢《あ》えず昼休みにジュース買いに行かせちゃいました」

「初めての後輩にいきなりパシリさせるなよ」

「私、縦の関係を重んじるタイプなので！」

「それどや顔で言うことか？」

モニカは後輩としては良いが、先輩にはしたくないタイプだなと思った。

……いや、そんなことよりもだ。こっちはそれどころじゃない。何よりも優先して解決しなければならない問題がある。

「なあ、レジーナはどこにいる？」

「え？　ああ、そちらにいますよ」

良かった。まだ帰ってはいなかったか。俺は促されるがままに視線を動かし――。

そしてぎょっとした。

冒険者ギルドの待合所として設置された木製のテーブル群。その一角にどす黒い怒りのオーラを放っているレジーナの姿があった。

ゴゴゴゴ……と悪鬼の如《ごと》き威圧感を放っている。

周りの冒険者たちはその迫力に完全に恐れおののき、賑《にぎ》やかなギルド内でその一帯だけが不気味なほど静かだ。

「何かすっごい機嫌が悪いみたいで。誰も近づけないんですよー。近づこうとした人たちは軒並み泡吹いて倒れちゃいました」

モニカがさらっと凄《すご》いことを言う。

見ると床には屈強な冒険者たちが何人も倒れていた。

レジーナを止めようと近づこうとしたが、彼女の放つ剣気にやられ、白目を剝《む》いて泡を吹いてしまったというところだろう。

「カイゼルさんは理由、知りません？」

「………………」

理由を知るどころか、俺こそが全ての原因だった。

とんでもないことになってるな……。

傍《そば》では冒険者連中と受付嬢たちが揉《も》めていた。

「おい、あんたらギルドの人間が責任持って対処しろよ」

「む、無茶言わないでください！　Bランク冒険者が泡を吹いて倒れたんですよ!?　私たち受付嬢に対処できるような相手では……！」

「だったらギルドマスターを呼んでこいよ！」

「アンナさんは今、会議で不在でして……！」

その場にいる全員が、レジーナの威圧感を前に完全に腰が引けていた。誰が貧乏くじを引くかで争っていた時だった。

「私が行きましょうか？」

物々しい喧噪《けんそう》の中に、可愛らしい声が響いた。

皆《みんな》の視線が一斉に集まる。

そこに立っていたのは可愛らしい容姿の受付嬢だった。

桃色の髪に、くりんとした大きな目。

受付嬢の制服を完璧に着こなし、何なら少し着崩してアレンジしており、垢抜《あかぬ》けた印象を見る者に与える。

女の子っぽいガーリーな魅力のある子だった。

「ドロテアちゃん、本気？」

「ムキムキの冒険者が泡吹いて倒れるような威圧感なんだよ？　ドロテアちゃんみたいに可愛い子だと息の根が止まるよ!?」

「大丈夫です！　任せてください♪」

ふわふわとホイップクリームのような声で答えるドロテア。その声色には不安や気負いが全く感じられない。

「では、行ってきまーす♪」

茶目っ気のある敬礼をすると、くるりと踵《きびす》を返した。

皆が固唾を呑《の》んで見守る中、ドロテアはレジーナの下に近づいていく。レジーナの放つどす黒い怒りのオーラがその華奢《きやしや》な身に迫ってくる。

数多《あまた》の屈強な冒険者たちを沈めてきた剣気。

しかし、ドロテアはまるで意にも介さなかった。

可愛らしい笑みをたたえたまま、火口に向けて歩みを進めていった。

「おお！　すげえ！　全然気圧《けお》されてないぞ!?」

「肝が据わってるのか、それとも鈍感なのか!?」

「どちらにせよ、ドロテアちゃん、頑張れー！」

ギルドの皆の声援を背に受けながら、ドロテアはレジーナの下に辿《たど》り着いた。どす黒い
怒りを放ち続ける彼女に、やんわりとした口調で尋ねる。

「レジーナさん、どうかしましたか？」

「……ああ？」

物凄い眼光がドロテアを射貫《いぬ》いた。

獰猛《どうもう》な魔物でも即座に尻尾を巻いて逃げ出すほどの迫力。

遠巻きにいた受付嬢たちの何人かは、あまりの恐怖に失神していた。

それでも、ドロテアは笑みを崩さない。

「いえ。何かご機嫌ななめなのかなーと。私でよければ、お話聞きますよ？」

「余計なお世話だ。消えろ」

「余計なお世話が好きなんです、私」

ドロテアは歌うようにそう言うと。

「それに皆に解決すると名乗り出た手前、このままでは帰れなくて……。どうか私を助け

ると思って話してくれませんか？」

両手を組み、上目遣いでお願いした。

上手《うま》いな。

自分を助けるために協力して欲しいと下手に出ることで、折れることに対する心理的な抵抗を取り除いてあげている。

ここでドロテアの頼みを拒否するのは、罪悪感を残すことになる。

レジーナは忌々しげに舌打ちをすると、観念したように吐き捨てた。

「……待ち合わせ時間になっても、奴が来ない」

「奴というと、お仲間さんですか？」

「私を待たせるとは、カイゼルの奴、全く良い度胸をしている。大方、女の下をほっつき歩いているのだろう。許せん」

「「…………」」

その場にいた受付嬢や冒険者たちの視線が一斉に俺に集まる。

――あんたのせいだったんかい。

そんな呆《あき》れの念が皆のジト目から伝わってくる。

す、すみません……。

言い訳のしようもないので、俺はただ申し訳なさそうに俯《うつむ》くしかなかった。

「よりにもよって、今日は私たちが初めてパーティを組んだ日だというのに。遅れてくるとは良い度胸をしている」

……そういえばそうだった。

今聞いて初めて思い出した。

ドロテアは怒気を孕《はら》んだレジーナの吐露を聞くと、僅かな間、小さな顎に指をあてがい思案する表情を浮かべていた。

そしてぱあっと表情を華やがせると――。

「なるほど！　そういうことだったんですね♪」

「………………あ？」

「ふむふむ。私には全部分かっちゃいました♪」

「…………勝手に納得するな。何の話だ」

「実はさっき、カイゼルさんがお花屋さんの前に並んでいるのを見かけまして」

「……あいつが花屋に？　なぜだ？」

「そんなの決まってるじゃないですか。今日はレジーナさんとの記念日ですから。花束を買っていたんですよ」

そう言うと。

「ふふ。カイゼルさん、中々粋なことをしますねえ」

ドロテアは花が咲くようにくすりと小さく笑った。

「あ、でも、こういうのは言わない方が良かったですよね。サプライズですし。ナイショにしていた方が良かったかも」

ちなみにそのような事実は全くなかった。

記念日だと知ったのもついさっきのことだ。

――どういうつもりなんだ？

困惑していると、ドロテアがちらりと俺の方を見てきた。

アイコンタクトで伝えてくる。

――今のうちに早く買ってきてください♪

なるほど、そういうことか。

ドロテアは俺が遅れていた言い訳を作ってくれたのだ。

――感謝する！

俺は静かに踵を返すと、通りにある花屋に駆け込み、贈答用の花束を買った。すぐさま冒険者ギルドに戻ってくる。

人混みを掻《か》き分け、レジーナの下へと辿り着く。

「レジーナ。遅れてすまない」

恐る恐る声を掛けると、レジーナはぎろりと睨《にら》むように俺を見てきた。しかし、先ほどのような迫力はない。

「言い訳を聞いてくれるか」

「……言うだけ言ってみろ」

「今日は俺たちが初めてパーティを組んだ日だろ？　だから、記念日ってことで、花束を買いに行ってたんだ」

後ろ手に隠していた花束を取り出した。

そしてレジーナに差し出しながら言った。

「これからもよろしく頼む」

「…………バカか、お前は」

レジーナは吐き捨てるように言った。

「私たちは戦いに生きる者だ。そのような贈り物など必要ない。だいたい、任務に向かう前に花束を送るのは不吉だろう」

「……そうかもしれない」

苦笑いを浮かべる俺を見て、レジーナはばつが悪そうに言った。

「……ふん。だがまあ、それは凡百の冒険者にとっての話だ。私たちにとって、不吉程度は結果を左右しない」

そして俺の手から花束を奪い取ると。

「……捨てるのも勿体《もったい》ないからな。貰《もら》っておいてやる」

ぶっきらぼうにそう呟《つぶや》いた。

頬にはうっすら朱が差していた。

「では、任務から戻るまでの間、花束は大事に預かっておきますね♪」

ドロテアがレジーナから花束を受け取る。

レジーナは鼻を鳴らすと、無愛想に席を立った。しばらく歩いたところで振り返り、俺に向かって言った。

「……おい、早くしろ」

「え？」

「……任務に行くんだろう」

「あ、ああ」

てっきりもっと面罵されるものだと思っていた。

長い付き合いだからこそ分かる。

素っ気ない振る舞いではあるが、レジーナはすっかり機嫌を直していた。それどころかむしろ上機嫌にすらなっていた。

俺はドロテアの方を見やった。

すると、彼女はぱちんとウインクしてきた。

それは小悪魔のような魅力的な仕草だった。

冒険者ギルドに巻き起こった危機。

皆《みんな》がさじを投げてしまった案件を、彼女はたった一人で丸く収めてしまった。驚異的なまでの手際の良さだった。

——この子はとんでもなく優秀かもしれない。

レジーナとの任務は快調そのものだった。

彼女はいつになく調子がよく、俺との連携もバッチリで、溜《た》まっていた高難易度の任務を一日で片付けることができた。

その後、しばらくしてから俺はまた冒険者ギルドを訪れた。

そして面食らった。

冒険者ギルド内にバニーガールたちがたくさんいた。

間違えてそういうコンセプトの酒場に来てしまったのかと一瞬錯覚した。けれどバニーたちはいずれも面識がある者ばかり。

バニーガールに扮《ふん》しているのは、受付嬢たちだ。

「カイゼルさん！」

バニーガール姿のモニカが俺の下にやってくる。

「ちょっと聞いてくださいよー」

「なんだ、また愚痴か？」と俺は呆れ交じりに言う。

「それ以外にあるんですか？」

モニカはけろりとした表情で言う。大変な職場だ。

「というか、その格好はいったい……」

「あ、バニー姿ですか？　これはですね――」

「私の発案なんです♪」

綿菓子のようなふわふわした声に振り返ると、ドロテアが立っていた。同じくバニー姿だが、周りの者と比べても一際華があった。

「君の？」

「はい♪　可愛《かわい》いでしょう？」

ドロテアははにかむと、その場でくるりと回った。まるで花びらが舞うのが見えるような可愛らしい仕草。

「私はどうかと思うけど」

アンナがやってくると、不服そうに呟いた。

ギルドマスターである彼女は、バニーガール姿にはなっておらず、いつもと同じギルドの制服に袖を通していた。

「ギルドの雰囲気にはそぐわないわ」

「でも冒険者の皆さんも喜んでくれていますよ？」

屈強な冒険者連中たちは、バニー姿の受付嬢たちに鼻の下を伸ばしていた。気持ちいいくらいにデレデレしている。

「これから任務に出る冒険者さんたちのモチベーションが上がるのなら、それはとっても良いことじゃないですか？」

「だけど媚《こ》びてるみたいじゃない」

「アンナさん、知らないんですか？」

ドロテアは人差し指を立てると、ウインクしながら言う。

「女の子が可愛い格好をするのは、異性の目を惹《ひ》くためだけじゃありません。自分のためでもあるんですよ」

「自分のため？」

「いつだって可愛い自分でありたい。そうすれば自分のことをもっと好きになれる。毎日が楽しくなります」

ドロテアはそう言うと、ギルド内を見渡した。

「実際、受付嬢の皆さんは喜んでくれているみたいですよ？　最初は戸惑ったけど、慣れたら楽しくなってきたって」

言われてみれば。

バニーガール姿の受付嬢たちの面持ちは心なしか生き生きしているように見える。

「冒険者の皆さんのためにもなるし、私たち受付嬢も楽しくお仕事できる。誰も損しない素敵な関係だと思いませんか？」

「………………」

アンナはぐっと黙り込んでしまった。

ギルドマスターであれば、自らの強権を振るえば取りやめにはできる。

けれど彼女は合理的に物事を考える人間だ。

ドロテアの施策が冒険者ギルドのためになっているのであれば、それを無理矢理中止に追い込むような真似《まね》はしない。

「そうかもしれないわね」

アンナは苦々しい表情を浮かべると、掃き捨てるように言った。

「だけど、私は嫌い」

「はい♪　それはそれで良いと思います」

ドロテアはにっこりと微笑《ほほえ》むと。

「でもアンナさん、思ってたよりお堅いんですね」

「は？」

「男性とお付き合いとかしたことあります？」

「んなっ!?」

アンナはドロテアの言葉に面喰《めんく》らっていた。

「それ、ハラスメントじゃない？」

「上司から部下に対してならそうかもしれません。でも立場が弱い私を相手に目くじらを立てるのは大人げなく見えますよ？」

「ぐぬぬ……！」

確かにそうだ。

たとえドロテアの言葉がハラスメントにあたるものでも、立場の強いアンナが責めるのは周囲に悪く映ってしまう。

ドロテアは自分の置かれた立場を理解している。

そしてそれを武器にできる利発さがある。

しかしあのアンナを手玉に取ってしまうとは……。

「カイゼルさんは任務を受けに来てくれたんですか？」

「ああ」

「やったっ！　すっごい助かります！　カイゼルさんがいてくださったら、百人力どころか千人力はありますから」

ドロテアはぴょんと小さく跳ねながら喜ぶと。

「頼りにしてますね♪」

俺の腕に抱きつくと、上目遣いで見上げてきた。

思わずその振る舞いに困惑してしまう。

「君はリバルの娘だろう。俺を敵視してるんじゃないのか？」

「カイゼルさんはダディの好敵手以前に、とっても優秀な冒険者さんですから。ギルドの職員として仲良しになれるよう努めるのは当然です♪」

なるほどな。

ドロテアもアンナとは方向性は違うものの、目的のために合理的な振る舞いができるという点では同じだ。

自らの感情に呑《の》まれて我を忘れたりはしない。

「というか、え？　ダディ？」

「ダディはダディですよ？」

ドロテアは何もおかしくないですよという面持ちをしていた。

恐らく、呼び名に関しては計算ではないだろう。だとすれば、利発そうに見えて、幼い一面も持ち合わせているのか。

するとその時だった。

「おーい、ドロテアたん。来たよーい」

額に傷のある屈強な大男が、デレデレとだらしなく表情を緩めながら、ドロテアに厚みのある手のひらを振っていた。

「あ、グレンさん♪」

ドロテアは花が咲くような笑みを浮かべると、グレンと呼ばれた大男の下にぱたぱたと歩み寄っていった。

「来てくれて嬉《うれ》しいです♪」

「ドロテアたんに格好良いところ見せねえといけねえからなあ」

「えー。すっごく楽しみです！　でも気を付けてくださいね？　今日の討伐任務の魔物はとても強いですから」

「がっはっは！　俺を誰だと思ってるんだ？　どんな魔物が来ようとも、この棍棒《こんぼう》で叩《たた》き潰してやらあ」

「きゃー。素敵です♪」

ドロテアの黄色い声を浴びて、グレンは巨体を揺らしながら豪快に笑う。素面《しらふ》なのにまるで酔っているかのように上機嫌だった。

「あの男、以前にも冒険者ギルドで見かけたことがあるんだが。……あんなに楽しそうに笑う奴《やつ》だったか？」

記憶の中の姿とは全く重ならない。

「仰《おっしゃ》る通り、グレンさんは鬼の異名を取るほど常に機嫌の悪い人でしたよ」

モニカがそう言った。

「Bランク冒険者ですけど、気分屋でほとんど任務にも出てこない。アンナさんが叱ってもまるで聞く耳持たずでした」

でも、と続けた。

「ドロテアちゃんが来てからは、まるで人が変わったみたいに、毎日任務に出てくるようになったんですよ」

「ドロテア目当てにか」

「そういうこと」

アンナは呆《あき》れたように頷《うなず》いた。

「グレンさんだけじゃなくて、他の冒険者たちもそうですよ」

モニカが更に続ける。

「高ランク冒険者って基本的に強さと引き換えに、社会性がどうしようもなく終わってる人が多いんですけど」

「さらっと凄《すご》いこと言ってるな」

「ほんとのことだから」

とアンナも同意する。

「パパみたいに強さと社会性を持ってる高ランク冒険者なんてほとんどいない。プライドの高い連中ばかりだし」

「でも、ドロテアちゃんはそんな彼らを軒並み懐柔して、今では皆《みんな》、彼女を目当てに顔を出すようになったんです」

道理で、と俺は得心した。

以前までと比べて、ギルド内に実力者の姿が多く見えると思っていた。

皆、ドロテアに懐柔されたわけだ。

「けど、全員が全員、グレンみたいなタイプじゃないだろ」

「もちろん、おだてるだけで言うことを聞く人ばかりじゃありません。でもあの手この手を使って手懐《てなず》けちゃったんです」

「ははあ」

「おかげで人手不足も解消されて、積み上がってた任務も捌《さば》けるようになりました。残業もなくなりましたし」

「良いことじゃないか」

「しかも冒険者の人たちからだけじゃなくて、ドロテアちゃん、同僚の子たちにもちゃんと好かれてるんですよ」

モニカは声を潜めながら言った。

「普通、新人がバニーガール姿になろうなんて提案しても許可されません。あらかじめ皆に根回ししてたんです」

「なるほど」

「受付嬢の中で誰が権力を持ってるかを見極めて、まずその人に取り入って、芋づる式に他からの信用も得たんです」

「要領がいいな」

俺はドロテアの人たらしぶりに感嘆した。

男ウケが良い女子というのは、だいたい同性ウケは悪いものだ。それを巧みな立ち回りで同性からも好かれているとは。

「ギルドの人間は皆、ドロテアちゃんを支持しています。冒険者も、受付嬢も」

モニカは眉をひそめた。

「正直、このままだとアンナさんのギルドマスターの座も危ういかもしれません。かなりの人望の差があるので」

「モニカちゃん、それを私の目の前で言うって、良い度胸してるわね」

「私、陰口は嫌いなので！」

「その心がけは立派だけど」とアンナはにっこり笑みを浮かべる。「面と向かって言えば許されるわけではないわよ？」

「いだだだ！　アイアンクロー反対!!」

笑顔のアンナに額を鷲掴《わしづか》みにされ、悲鳴を上げるモニカ。

「ドロテアが皆に好かれてるのは分かったが」と俺は疑問を言った。「その割にはモニカは不服そうだな」

「それはそうですよ」

モニカは額に指の痕をつけたまま言う。

「やっと後輩ができて扱《こ》き使えると思ってたのに。有能すぎたら、先輩としてこっちの立つ瀬がないじゃないですか」

そういうことか。

「負けないくらい頑張ればいいんじゃないか？」

「そういう努力はノーです！」

モニカはきっぱりと即答すると。

「いっそ闇夜に乗じて、葬り去ってくれようか……」

「おいおい」

それをしたらおしまいだろう。

「大丈夫ですよ。ちょっと先輩として可愛《かわい》がってあげるだけ――」

「モニカせーんぱい♪」

「ぎょえええええ!?」

いつの間にか背後に立っていたドロテアから声を掛けられると、モニカはびくっと全身を跳ね上がらせた。

「何やら楽しそうなお話をしていましたね♪」

「こ、これは何というか、ほんの冗談というか……別に私はドロテアちゃんを嫌ってないしむしろ好きというか。うへへ」

へらへらとした笑みを浮かべ、汗だくになって懸命に弁明するモニカ。ここまで小物の雰囲気を醸し出せる者もそういない。

けれど、もう挽回《ばんかい》不可能な感じは否めない。

「私、喉渇いちゃいました♪」

「え?」

「果汁百%のピーチジュースが飲みたいなあ」

ドロテアは歌うようにそう呟《つぶや》くと。

「モニカ先輩、買ってきてください♪」

「はあああん!?　なんで先輩の私が――」

「いいんですか?　さっき話してたこと、他の皆にバラしても。そうすればどうなるかはお分かりですよね？」

「…………」

モニカはギルドの全員を敵に回すことを悟ったのだろう。青ざめていた。

ドロテアはにっこりと微笑《ほほえ》みながら再度尋ねる。

「モニカ先輩、ジュース買ってきてくれます？」

「はい！！！　喜んで！！！」

モニカは元気よく叫ぶと、踵《きびす》を返して駆けだした。

「十五分以内にお願いしますねー？」

「ちっくしょおおおおおおおおおおお!!」

断末魔のような声量で叫びながら、モニカは猛ダッシュしていった。

最初は意気揚々とドロテアをパシリにしていたはずのモニカだが、あっという間に立場が逆転してしまっていた。

終業後の冒険者ギルド。

その一室にある会議室。

広々としたテーブルの奥にぽつりと一人、陣取る人影があった。

「えー。それではただいまより、ドロテアちゃん対策会議を始めたいと思います。議長はこの私――モニカが務めさせていただきます」

モニカは組んだ手の甲に顎を乗せ、厳粛な面持ちで言った。

「いや、勝手に始めないでくれる？」

「なぜ俺も呼ばれたんだ？」

会議室にいる残りの二人――アンナと俺は困惑していた。

他の職員たちはすでに全員帰宅し、会議室にいるのは俺たちだけだった。

「このままだとドロテアちゃんは冒険者ギルドを完全に掌握し、いずれギルドマスターの座を奪取することになるでしょう」

モニカは深刻な声色を作った。

「そうなれば私たちアンナさん派は冷や飯を食わされることになります」

「え。モニカちゃん、あなた私の一派だったの？」

「今さらドロテアに取り入れないから言ってるだけじゃないのか？」

「ソ、ソンナコトハナイデスヨー？」

露骨に目を泳がせて、ぴゅーと口笛を吹くモニカ。

ウソが下手すぎるだろ。

「……まあ、ギルドマスターの座が脅かされてるのは確かだけど」

アンナは先ほどの光景を思い返すかのように呟いた。

モニカがジュースのパシリを命じられた後。

ドロテアはアンナに対して、宣戦布告をしてきた。

『ダディのためにも、私はギルドマスターになるつもりですから。アンナさん、今のうちに敬語を使う練習をしておいた方がいいですよ？』

柔和な笑みの奥に、確固とした野心を感じた。

「職員や冒険者の方々の支持があってこそのギルドマスターです。皆に認められなければ猿山のボスにはなれません」とモニカが言った。

「ギルドの連中を猿山にたとえるなよ」

「いえ！　冒険者の方々限定です！」

「フォローになってないような……。そもそも当の冒険者がここにいるんだが」

デリカシーを家に置いてきたのか？

「それで言うと、アンナさんは劣勢と言わざるを得ません。ドロテアちゃんは職員や冒険者たちから大人気ですから」

「悔しいけど、それは認めるわ」

「では、なぜアンナさんはドロテアちゃんより人気がないのか。どうすればアンナさんの人気が出るかを皆で考えましょう」

「え？　今から私、公開処刑されるわけ？」

「ギルドマスターの座を守って、ドロテアちゃんを亡き者にするためですよ。ダメ出しも受け容《い》れていかないと」

「いや、亡き者にするつもりは全然ないけど。それはモニカちゃんの願望でしょ」

アンナは呆《あき》れ交じりにそう言うと。

「まあ、今の状況を指を咥《くわ》えて見てるわけにもいかないし。ダメ出しを受けて改善していく必要はあるかもね」

「その意気です！」

「で？　モニカちゃんが思う、私がドロテアちゃんより人気のない理由は？」

「やっぱりあれです、取っつきにくいですよね」

モニカは何の躊躇《ためら》いもなく即答した。気持ちいいくらいにずけずけ来る。そんな彼女の本領が発揮されていた。

「アンナさんは最年少でギルドマスターに上り詰めるほど優秀で、美人だし、だからこそ隙が全然ないというか」

「隙なんてないに越したことないでしょ」

「ちっちっち。分かってませんね。人間、隙があるから可愛げがあるんです。完璧なだけの人なんて愛されません」

モニカは指を横に振ると、自分の胸に手を置いた。

「私を見てください！　全身至るところ隙だらけ！　両脇甘すぎ人間！　それ故に絶大な愛嬌《あいきょう》が生まれるわけですよ！」

「自分で言う？」

「そもそもそんなに愛されてるか？」

「失礼な！　愛されまくってますよ！　アンナさんを筆頭に！　王都中の人たちから日々ご愛顧いただいてますよ！」

「自己肯定感が高いことは分かるけど」

「ご両親に愛されて育ったんだろうな」

　俺たちの言葉を無視して、モニカは更に続ける。

「あと、お高くとまってるようにも見えますよね。アンナさん、愛想ないですし。ギルド内の付き合いも悪いですし」

「それ全部モニカちゃんが私に思ってることじゃないの？」

「何を仰《おっしゃ》いますやら。私はアンナさん大好きですよ」

　モニカはしれっとそう言うと。

「ドロテアちゃんは愛想も良いし、付き合いも良いです。この前なんか、職員の子たちの恋愛相談にも乗ってあげてましたし」

　そうなのか。

「フラれた受付嬢を慰めるために、深夜まで付き合ってあげたりもしてたそうですよ」

それは凄《すご》い。

「そういえば、冒険者ギルド内で定期的に開かれる飲み会、アンナさんは受付嬢の頃から一度も出たことないですよね」

「時間の無駄だもの。モニカちゃんみたいに仲の良い子とサシならともかく、飲み会で大人数相手に当たり障りのない話をするくらいなら、家で勉強してた方が有意義よ。ひいてはギルドのためにもなるだろうし」

「そういうところ！　そういうところですよ！」

モニカはアンナを指さして叫んだ。

「飲み会は職場の人と親交を深めるために行うもの！　他愛ない話を通して、同じ共同体の仲間だと認め合うんですよ！」

「凄い熱量だ」

「顔を出しておけば、覚えもめでたくなります。ミスをしても、まあ仕方ないかと笑って許してくれるようになります」

モニカはどや顔になると。

「ぶっちゃけ、私はそれ一本で生き残ってると言っても過言ではありません」

「でも私、ミスしないから」

「有能すぎるが故の落とし穴！」

モニカはツッコミを入れると、呆れたように肩を竦《すく》めた。

「普通、アンナさんみたいに付き合いの悪い人はどこかで壁にぶち当たって、人付き合いにも精を出さざるを得なくなるのに。有能すぎるが故に、一度も挫折することなく頂点に上り詰めちゃったんだもんなあ」

で、す、が、と言葉を句切りながら続けた。

「いくら仕事ができても、結局一番大事なのは人間関係！　もっとギルドの職員や冒険者の皆《みんな》に歩み寄りましょう！」

「なるほどね」

指摘を受けて、アンナは顎に手を置いて思案するように言った。

「モニカちゃんの意見は分かったわ。一理あるとは思う。だけど、いきなり皆に歩み寄れと言われてもね……どうすればいいか」

「私に任せてください」

「え？」

モニカは鼻息を荒くすると、自信満々に胸に手を置いた。

「アンナさんが皆に愛されるよう、私がプロデュースしてあげますから！　どーんと大船に乗った気持ちでいてください！」

「……私にはそれ、泥船に見えるんだけど」

「俺には底に穴が開いてるように見える」

息巻くモニカを前に、不安になる俺たちだった。


翌日。

モニカプロデュースによるアンナの歩み寄り作戦は早速決行された。

冒険者ギルドに様子を見に来た俺の前に現れたのは、受付嬢たちと同じバニーガールの衣装に身を包んだアンナの姿だった。

「なんで私もバニーガールに……」

「もちろん、仲間意識を高めるためですよ」

同じくバニー姿のモニカは腕組みしながら言う。

「野球のユニフォームを着てる選手たちの中で、一人だけサッカーのユニフォームを着てたら何こいつってなるでしょ」

「けどこれ、すーすーするのよね……」

露出の多い衣装に、アンナは不服そうだった。

「あらアンナさん、今日はバニー姿なんですね」

ドロテアがぱたぱたと可愛《かわい》らしく近づいてきた。後ろ手を組みながら、バニーガール姿のアンナを一通り眺めると。

「とってもお似合いだと思いますよ♪」

「それ嫌味？」

「いえいえ、本心です。私は可愛いものにはちゃんと可愛いと言うので。今のアンナさんはとっても可愛らしいです♪」

「………」

天使のようなドロテアの微笑《ほほえ》みを前に、アンナは面食らっていた。

もっと刺してくると身構えていたのだろう。けれど、素直に褒められたことで、却《かえ》って動揺してしまっているようだった。

「ドロテアたーん。戻ったよーい」

「あ、グレンさん。おかえりなさーい♪」

額に傷のある巨漢——Bランク冒険者のグレンに呼ばれて、ドロテアはぱたぱたと彼の下に駆けていった。

「てっきり、もっと楯突《たてつ》いてくるかと思ったのに」とアンナが呟《つぶや》いた。「何だか拍子抜けしちゃったわ」

「すごーい♪　さすがです！」

「がっはっは！　まあな！」

　ドロテアに褒められて、グレンはまただらしない顔になっていた。持ち上げられて、得意げに任務の成果を誇っている。

「アンナさん、あれですよ、冒険者との円滑なコミュニケーションは」

　その様子を眺めていたモニカが囁《ささや》いた。

「なるほどね」とアンナは観察していた。

　するとちょうど、一人の冒険者が任務から戻ってきた。

　弓を背負った痩身の男。爪楊枝《つまようじ》のように細い目をしている。

「アンナさん、チャンスです。彼とコミュニケーションを取って、ドロテアちゃんみたいに手のひらで転がしてやりましょう」

「ええ、任せておいて」

　アンナは射手の冒険者の下に歩み寄った。

「任務、お疲れさま」

「ギ、ギルドマスター!?」

　アンナに話しかけられ、射手の冒険者は狼狽《ろうばい》していた。

「お、俺、何か悪いことしちゃいましたか？」

「え？」

「いや、ギルドマスターが俺みたいな木っ端冒険者に声を掛けるなんて。知らずのうちにどえらい粗相をしでかしたのかなと……」

射手の冒険者は青ざめると、勢いよくその場で土下座した。

「追放だけは勘弁してください！　俺には家族がいるんす！」

「………」

「めちゃくちゃ恐縮されてるな」

「アンナさんはあの若さにして威厳が半端ないですからねー。ドロテアちゃんのふんわり柔らかい雰囲気とは真逆です」

「別に咎《とが》めに来たわけじゃないわ。労《ねぎら》いに来ただけ」

アンナは顔を上げさせると、尋ねた。

「任務はどうだった？」

ようやくそこでアンナの意図を理解したのだろう。

射手の冒険者は一瞬逡巡《しゅんじゅん》した後、話し始めた。

「まあ、上手《うま》くいきました。村を襲った怪鳥の討伐任務だったんですけど、奴《やっこ》さん、警戒して中々姿を現さないもんで。隣接する林の茂みに息を潜めて、丸一日待ちました。完全に気配を消していたから、もう帰ったと思ったんでしょうね。村を襲おうとしてまんまと姿を現したもんですから、その眉間を一発で射貫《いぬ》いてやりました」

語るうちに興が乗ってきたのだろう。口調に熱がこもっていた。

「怪鳥の野郎、射貫かれた瞬間、泡食ったような顔をしてましたよ。まさかあんな離れた位置から撃ってくるとは思ってなかったんでしょうね。傑作でした。

一発で仕留めたから、矢も一本しか消耗してないし。徹夜はしてますけど、最長で四徹までは経験ありますからね。いやーほんと地獄を見ましたよ、あの時は」

「そう、ご苦労様。期限より早く達成してくれたから、報酬額に上乗せしとくわ」

アンナはにっこりと微笑むと。

「それはそうと、あなたにまたお願いしたい討伐任務があるんだけど。一日休んで、明日《あした》には出発できるかしら」

「………あ、はい」

「ありがとう。じゃあ、よろしくね」

笑顔のアンナに肩を叩《たた》かれ、射手の冒険者はまたすぐに任務に向かっていった。とぼとぼと歩いていくその後ろ姿は、どこか寂しげに見えた。

アンナはこちらに戻ってくると、俺たちに尋ねてきた。

「どうだったかしら？」

「えーっと」

「何というか……悪くはないと思うが」

「ゼロ点ですね♪」

俺たちが口ごもっていると、いつの間にか傍《そば》にやってきていたドロテアが、にっこりと微笑みながら一刀両断した。

「ぜ、ゼロ？」

「はい、ゼロ点です♪」

「でも私、ちゃんと労ってあげたわよ。報酬額も上乗せしてあげたし」

「さっきの方は褒められたがってたんですよ。怪鳥をたった一発で仕留めるなんて本当に凄いですねって」

ドロテアはほのかに苦笑いを浮かべる。

「なのにアンナさんと来たら、ご苦労様の一言だけ。それはお腹《なか》ペコペコの方にパンくずしかあげないようなものですよ」

「う……」

アンナはたじろぐと。

「でもパパと比べると別に凄いわけじゃないし……。凄くない相手に凄いっていうのは私のプライドが許さないというか……」

「アンナさん、それはいくらなんでもファザコンすぎませんか？」

「は、はあ!?」

ドロテアに言われて、アンナはパンチを食らったかのように仰《の》け反った。ファザコンの認定を受けたのが堪《こた》えたらしい。

「私だってダディが一番凄《すご》くて素敵だと思ってます。でもそれとこれとは別です。褒める時はちゃんと褒めてあげないと。皆、誰かに認めて欲しいんですから。冒険者の皆さんのモチベーションをアップさせるのも私たちのお仕事のうちですよね？　それをちっぽけな自分のプライドを理由に怠ってしまうなんて――」

ゆっくりと振りかぶるようにそう言うと。

ドロテアは笑みを浮かべたまま、右ストレートのように重い一撃を放った。

「アンナさん、意外とおこちゃまなんですね♪」

「…………」

アンナは表情筋をぴくぴくと引きつらせていた。

「ぐうの音も出ないって感じですねぇ」

モニカはその様子を眺めながら暢気《のんき》に呟いていた。

「でも、やり込められてるアンナさんを見る機会なんて滅多にありませんし。これはこれで乙なものですね！」

「一番状況を楽しんでるな……」

俺は思わず苦笑を浮かべる。

アンナが劣勢に立たされたら、同じ陣営のモニカも困るはずなのだが。そこのところは分かっているのだろうか？

「おかしい……こんなはずでは……」

納得できないという思いを表情に滲《にじ》ませていたアンナ。

その時だった。

「はあ～……」

一人の受付嬢が深い溜息《ためいき》をついているのが俺たちの視界に映った。表情は暗く、まるで憑《つ》き物《もの》にでも惑わされているかのようだ。

「……あの子、随分元気がないわね」

「アンナさん、チャンスですよ。部下に親身に寄り添ってあげることで、職員たちの評判を爆上げしましょう！」

「そうね。さっきのような失敗はしないわ」

アンナは意気込むと、受付嬢の下へと歩み寄る。

「どうかした？」

「ア、アンナさん」

声を掛けられ、受付嬢はビクッと肩を跳ねさせた。

「何か悩み事？」

「い、いいえ。アンナさんのお耳に入れるほどのことでは」

「ギルドの職員たちをケアするのも、ギルドマスターの役目だもの。あなたが悩んでるのなら力になりたいわ」

アンナはそう言うと、優しく微笑みかける。

「よければ話してみて」

その真摯な姿勢に心動かされたのだろう。

躊躇《ためら》っていた受付嬢は、やがて決心したように口を開いた。

「実は……彼氏のことで悩んでまして」

受付嬢には付き合って半年になる彼氏がいるのだと言う。

けれどその彼氏は付き合い始めてしばらくすると仕事を止め、そこからはろくに求職もせずに日がな一日遊んでばかり。

求職活動をするからと受付嬢にせびった金をギャンブルで溶かしたり、それを咎めると罵詈雑言《ばりぞうごん》を浴びせてきたり。

最近では吟遊詩人として生きていくと決意したらしい。だが、楽器も弾けなければ未《いま》だ一遍の詩も作っていないとのこと。

「それは何というか……酷《ひど》いわね」

「ほんと、身勝手な人なんです」

受付嬢は呆《あき》れたように言った。

「私はいっつも彼に振り回されていて……。でも、子供っぽいというか、放っておけないところもあるんですよね」

「そんな男、さっさと別れちゃいなさい」

アンナはすぱっと一刀両断した。

「え？」

「付き合っていても、あなたのためにならないもの」

「で、でも、彼、良いところもあるんですよ。ギャンブルで勝った時は、お土産を買ってきてくれますし……」

「時々思い出したかのように見せる優しさに騙《だま》されちゃダメよ」

「いつか改心して真面目になってくれるかもしれませんし……」

「ムリムリ。人はそう簡単には変われないから。心を鬼にして断ち切らないと。ずるずると人生を浪費することになるわよ」

あっさりとそう言うと。

「あなたが別れを切り出せないなら、私が代わりに言ってあげる。大丈夫。後腐れのないようにするから――」

「……もういいです」

「え？」

「……アンナさんには彼の良さは分からないんです！」

受付嬢はそう叫ぶと、踵《きびす》を返して走り去っていった。

「?? どうして？」

後に残されたアンナは、ぽかんとした表情を浮かべていた。俺とモニカの方を見やると理解できないというふうに言う。

「私、何も間違ったこと言ってないわよね？」

「えーっと」

「何というか……」

「今のもゼロ点ですね♪」

一連のやり取りを見ていたドロテアが再び厳しい採点を下した。

「またゼロ!?」

連続で赤点判定を下されてしまったアンナは狼狽《うろた》えていた。

「彼女の抱えていた悩みに対して、ちゃんと助言できてたでしょう？　特に間違ったことは言ってないと思うけど」

「確かに間違ったことは言っていません。非の打ち所のない、これ以上ないほどに的確な言葉だったと思います」

「だったら――」

「でも彼女は別に助言を求めていたわけではないので♪」

「え？」

虚を突かれたアンナに、ドロテアは笑顔のまま先を続ける。

「助言を求めてたわけじゃない？」

「はい。彼女はただ話を聞いて欲しかっただけです。そうなんだ、大変なんだね〜。これがさっきの最適な答えです」

ドロテアは諭すように人差し指を立てる。

「そもそもあの人は彼氏さんと別れたいわけではなさそうでしたし。愚痴をこぼしてたのも惚気《のろけ》の一種だと解釈すべきでしょう」

「惚気……？　あれが……？」

「それをアンナさんは彼氏さんを断罪して、別れさせようとしてましたよね？　彼女が怒るのもムリありません」

「だけど、相手の男はクズだし」

「ええ。間違いなくクズですね」

「だったら別れさせた方がいいでしょう？」

「私たちが何か言っても、そう簡単に変わりませんよ。いくら背中を押しても、結局自分で気づいて足を踏み出さないと。それには長い時間が掛かります。外野にできるのは他の楽しいところに連れていってあげたり、色んな人に会わせてあげたりして、今の彼氏の価値を下げさせることくらいです」

それに、とドロテアは言った。

「アンナさん、一方的に解決策を提示してさっさと片付けてしまおうとするのは、相手への寄り添いとは言いませんよ？」

「………………」

アンナは表情筋をぴくぴくと引きつらせていた。

「またもぐうの音も出ていませんね」

モニカはその様子を見て同じように呟《つぶや》いた。

「……ぐうっ」

「あ、出た」

「ほんとにぐうの音だけだ」

敗北感を募らせていたアンナを尻目に。

「ドロテアちゃん。聞いてよ、彼氏がさー」

「えー？　ほんとですかー？」

先ほどの受付嬢はドロテアを見つけると、喜々として彼氏の愚痴という名の惚気話を楽しそうに話し始めた。

「ドロテアちゃーん」

「俺たちの相手もしてくれよー」

冒険者たちもドロテアに口々に声を掛けていた。

ドロテアがいるだけで、場の空気がぱっと華やかになる。光に吸い寄せられるように、彼女の周りには人が集まってくる。

「…………」

圧倒的な人望の差を目の前でまざまざと見せつけられ、アンナは打ちひしがれたような面持ちを浮かべていた。


日が暮れる頃、冒険者ギルドはざわついていた。

冒険者たちも、受付嬢たちも、明らかに落ち着きがなかった。恐れ戦《おのの》いているかのような雰囲気が全体を包み込んでいた。

皆《みんな》の視線の先――。

待合所のテーブルの端の席には、突っ伏したアンナの姿があった。

閉じた貝のように顔を伏せ、表情は窺《うかが》えない。

けれど、重苦しい雰囲気が背中から立ち上っていた。

「アンナさん、いったいどうしたんだ……？」

「鉄のギルドマスターと称される彼女があんなに落ち込んでる姿なんて、今まで一度たりとも見たことがないぞ」

冒険者たちは遠巻きに言葉をひそひそと交わし合う。

アンナの放つ瘴気《しょうき》があまりにも強いせいだろう。誰一人として、彼女に直接尋ねることができる者はいなかった。

代わりに憶測を飛ばし合う。

「もしかして、何かとんでもない事態が巻き起こってるんじゃないか……？」

「と、とんでもない事態って？」

「たとえば、S級モンスターが複数体王都に向かってるとか」

「「えええええええ!?」」

冒険者たちは一斉に動揺の声を上げた。

「おいおい、ヤベえじゃねえか！」

「一匹でもとんでもないのに、複数体って……！　王都が滅ぶぞ!?」

「いやでも、王都にはカイゼルさんや娘さんたちがいるんだ。どんな魔物が襲ってこようと対処できるはずだ」

「た、確かにそうだよな。となると、落ち込んでるのは別件か？　けどあんなふうになる理由なんて他に……」

「冒険者ギルドが実は経営難に陥っていて、職員たちを大量に首にしないといけないから気落ちしてるとか？」

「「えええええ!?」」

今度は受付嬢たちが動揺の声を上げた。

「冒険者ギルドが経営難!?」

「職員が大量にクビになる!?」

「ちょっと！　そんなの困るってば！　こっちにも生活があるのに！　今から転職するのはかなりキツいよ！」

「まず真っ先に首を切られるのはモニカちゃんだとして……。あたしはまだギリギリ肩を叩《たた》かれずに済むラインのはず……」

受付嬢たちは阿鼻叫喚《あびきようかん》の様相を呈していた。

S級モンスターが王都に来るという事実もなければ、冒険者ギルドが経営難で首切りを目論《もくろ》んでいるという事実もない。

冒険者ギルドの人間たちがそれぞれ火のないところに勝手に煙を立てては、自ら慌てふためいているだけだ。

普段、冷静沈着で落ち込む姿を見せないアンナだからこそ、落ち込んだ姿が他の者たちを動揺させるのだろう。

「皆、落ち着いてくれ。王都にS級モンスターが来ることはないし、ギルドが経営難に陥っている事実もない」

俺は場を沈静化させるためにそう諭した。その声が呼び水となり、パニック状態だった皆は次第に我に返っていった。

「おお……カイゼルさんが言うなら、そうなんだろうな」

「大規模な戦闘になるのかと思ってヒヤヒヤしたぜ」

「冒険者ギルドの首切りもなさそうでよかったー」

「じゃあアンナさんはどうして落ち込んでるんですか？」

「実は……」

俺は皆に事情を説明することにした。

あのアンナが落ち込むなんて、いったいどんな理由が——。

最初こそ真剣な面持ちで話を聞いていた皆だったが、いざ事情を知ると、戸惑ったような表情を浮かべるのだった。

「え……？　そんなことで？」

「ああ」

「「…………」」

冒険者たちも受付嬢たちも互いに顔を見合わせると、テーブルに突っ伏していたアンナの下に近づいていった。

「あのー、アンナさん」

「…………」

「アンナさんが落ち込んでるのは、冒険者や職員からの支持を上手《うま》く得られないでいるからと聞いたんですけど」

「……そうだけど」

むくり、とアンナは顔を上げた。

「気づかされたの。私はドロテアちゃんみたいにはなれない。冒険者や職員の皆の人気を得ることはできないって」

そう言うと。

「……ふふ。これまで仕事にばかりかまけていて、人間関係をろくに築いてこなかったツケが回ってきたんでしょうね」

ふっと自虐的な笑みを漏らした。

「このままだと近いうちにギルドマスターの座も追われることになる。私の人生、唯一にして最大の汚点だわ」

「あの完全無欠のギルドマスターがやさぐれてる……！」

「ネガティブな感情を持ち合わせてないと思ってた……！」

普段は見られないアンナの姿を目の当たりにして、冒険者や職員たちは面食らったような表情を浮かべていた。

「完全に心折れちゃってますね♪」

俺の傍《そば》にいたドロテアが微笑《ほほえ》みを咲かせる。

「この様子だと、私が最初に想定していたよりも早く、ギルドマスターの椅子に座ることができるかもしれませんね？」

「それはどうだろうな」

「？」

「アンナは史上最年少でギルドマスターの座に上り詰めた。それができたのは、ただ運に恵まれたからじゃないってことさ」

俺がそう話していた、その時だった。

わっ、と。

アンナの周りを囲んでいた人々が笑い声を上げた。

「な、何がおかしいのかしら……？」

想定外の笑い声を受けて、アンナは戸惑っていた。

周りを囲んでいた冒険者たちの一人が笑いながら言う。

「いや、ギルドマスターもそういうことで悩むんだなって。もっと機械みたいに冷徹な人かと思ってましたよ」

「やさぐれたアンナさんも結構良いですね」

皆の前で弱さを見せるということをアンナはこれまでしてこなかった。だから親近感を抱かれているのだろう。

「けど、ギルドマスターは勘違いしてますよ」

「え？」

「アンナさんは俺たち冒険者たちからの人気を得ることはできないって話。ちゃんと人気は得られてますよ」

アンナは困惑したような表情を浮かべる。

「でも私、ドロテアちゃんみたいに、あなたたちと円滑なコミュニケーションを取ることはできていないけれど」

「確かにギルドマスターは愛想がないですよ。ドロテアちゃんみたいにいるだけで場が明るくなるような華はありません」

でも、と冒険者は言った。

「毎日俺たち冒険者のために身を粉にして働いてるのは知ってます。冒険者を守るために上層部と闘ってくれてるのも」

「ギルドマスターは権力にあぐらを掻《か》かず、誰に対しても平等に接する。間違ってることは間違ってると言ってくれる」

「俺はあんたがギルドマスターだから、冒険者を続けられてるんだ」

「あなたたち……」

駆け出しの冒険者から歴戦のベテラン冒険者まで、この王都の冒険者たちは皆、アンナの働きぶりを目の当たりにしてきた。

愛想はないかもしれない。

冒険者たちを言葉巧みに褒めたりはできないかもしれない。

だけど、それでも、彼女は冒険者たちからの信頼を得ていた。それはひとえに、彼らのために懸命に尽くしてきたからだ。

「そうですよ！」

受付嬢の一人が追従するように声を上げた。

「ギルドの職員も、性格の合う合わないはあっても、アンナさんのことを尊敬してない人なんてただの一人もいません」

「毎日朝から晩まで働いて、どんな新人の子たちよりも一生懸命で、そんなあなたの背中に私たちは憧れてるんです」

「みんな……」

ギルドの職員たちの言葉を受け、アンナは感極まっていた。

皆《みんな》と上手くやっていくコミュニケーション能力には欠けるかもしれない。

それでも彼女は確かな支持を得ていた。

それはアンナがギルドマスターとしてふさわしい背中を示し続けてきたからだ。圧倒的な成果を挙げてきたからだ。

「なるほど。これがアンナさんの積み上げてきたものですか」

皆に囲まれるアンナの姿を遠巻きに眺めながら、ドロテアは呟《つぶや》いた。

「ちぇっ。もっと簡単にギルドマスターの座を奪えると思ったんですけど。想像以上に骨が折れそうですね」

そう悪態を吐《つ》きながらも。

冒険者やギルドの職員に囲まれたアンナを見るドロテアの眼差《まなざ》しは、どこか羨ましさを感じているように思えた。


夜。

冒険者ギルドの営業が終わった後。

ドロテアは家路につくために通りを歩いていた。

大きな通りから角を曲がり、細い路地に差し掛かる。人通りは一気に少なくなり、水を打ったような静寂が周囲を満たしていた。

どことなく空気が澱《よど》んでいる。

厭《いや》なものを感じ、自然とドロテアの足取りは速くなる。

するとその時だった。

目の前に突如、ぬうっと巨大な人影が浮かび上がった。

月を覆い隠していた厚い雲が風で剝がされる。白い明かりが地上に差すと、巨大な人影の正体が炙《あぶ》り出された。

「グレンさん……？」

そこにいたのは額に傷のある巨漢のBランク冒険者――グレンだった。その獰猛《どうもう》な目はじっとドロテアを見据えている。

「どうかされましたか？」

「ドロテアたん、最近、俺に冷たいよね？」

「はい？」

「俺以外の冒険者と仲よさそうに話してるし。それに仕事終わりにデートに何度誘ってもはぐらかしてばかりだし」

グレンはじとりと澱んだ目をドロテアに向ける。

「ドロテアたんは、俺のこと嫌いになったのか？」

「そんなことありませんよ」

ドロテアは繕うように微笑みを浮かべる。

「グレンさんのことは頼りにしていますから」

「じゃあこれからデートしよう」

「えっ？　すみません。今日はちょっと用事があって……」

「ウソ吐くんじゃねえ！　このクソビッチが！」

「ちょっ――」

激昂《げきこう》したグレンの手がぬうっと伸びた。ドロテアは喉元を掴《つか》まれると、路地の壁に背中から叩《たた》きつけられる。

「がはっ……！」

ドロテアの細い身体《からだ》が軋《きし》みをあげる。

グレンの手は、ぎりぎりと万力のように喉元を締め上げる。逃れようとするが、力の差はあまりにも大きかった。

「そうやって男を散々弄びやがって……！　分からせてやる……！　舐《な》めた態度を取ったお前が悪いんだからな……！」

そうかもしれない。

他人の好意を利用して自分の都合の良いように操っている以上、下手を打てば今みたいな状況に追い込まれてしまう。

彼の言う通り、自業自得だ。

でもそうするしかなかった。

――私に皆みたいな才能はなかったから。

長女のスノウや三女のガーネットのように、自分自身の力で立派に戦えるだけの才能には恵まれなかった。

だから他人に取り入るしかなかった。

誰にでも愛嬌《あいきょう》を振りまき、媚《こび》を売って回る。

自分をすり減らしながら。

それが唯一の生きる道だった。

――だからこそ、アンナさんが妬ましかった。

周りに媚《こ》びることなく、自分を気高く貫き続ける彼女のことが。それでいて周りの人間の信頼を得ている彼女のことが。

妬ましくて、そして、どうしようもなく羨ましかった。

憧れていた。

あんなふうになりたいと、なれればと焦がれた。

――今になって自覚させられるなんて……。

酸素が欠乏し、視界が夜色に濁っていく。

そして、意識の糸が断ち切れそうになった瞬間だった。

パシン！

弾《はじ》けるような音が路地に鳴り響いた。

その途端、ドロテアの喉元を摑んでいたグレンの手が解かれた。

地面に尻餅をついた。

「けほっ……けほっ……！」

全身が渇望していた分の酸素を大急ぎで取り込むと、ドロテアはいったい何が起こったのかと視線を上に向けた。

すると。

冒険者ギルドの制服を着た女性が、ドロテアを庇《かば》うように立っていた。

おさげの髪型に、凜《りん》とした背中。

それは史上最年少でギルドマスターに上り詰めた女性——。

「アンナさん……！」

「うちの職員によくも手を出してくれたわね」

アンナに咎《とが》められ、グレンは忌々しげに舌打ちをした。

「邪魔をするな、ガキが……！」

「そうはいかないわ。ガキでもギルドマスターだから。ギルドの職員に対する暴力行為を見過ごすわけにはいかない」

「どけ！」

グレンが丸太のような右腕を振るうと、アンナは吹き飛んだ。

「アンナさん！」

「がっはっは！　職員風情が冒険者様に勝てるわけないだろうが！」

グレンは高らかに哄笑《こうしょう》すると、

「お前たち二人とも痛い目を見せてやるよ……！」

獣のような獰猛な笑みを滲《にじ》ませた。

それを聞いていたアンナは、ふっと笑みを漏らした。

「何がおかしい？」

「……冒険者のあなたに勝てないことくらい織り込み済み。私が何の考えもなしにここに乗り込むと思ったの？」

グレンはその瞬間、ぞくりと全身を総毛立たせた。

ただならぬ気配を感じ、弾かれたように振り返る。

果たしてそこには二つの人影が立っていた。

「俺の娘によくも手を出してくれたな」

「生きて帰れると思わないことだね」

「パパ……！」

「ダディ……！」

二人の人影――カイゼルとリバルは物凄《ものすご》い形相でグレンを見据えていた。

グレンはガチガチガチ、と音が鳴っていることに気づいた。少し遅れてそれが、恐怖に震えた自分が、歯を鳴らしているのだと理解した。

これまでは自分が狩る者だと思っていた。

圧倒的な強者だと。

けれど、その二つの人影を目の当たりにした瞬間――自らもまた狩られる側なのだと厭でも実感させられた。

「うおおおおおおお！」

激昂したグレンは雄叫《おたけ》びを上げながら襲い掛かってくる。

しかし、所詮はBランク冒険者。

Aランク冒険者である二人には遠く及ばない存在だ。

「ファイアーアロー！」

「サンダーボルト！」

「ぐああああああ!?」

二人の放った魔法はグレンを瞬く間に呑《の》み込んだ。

路地を満たした光が収まった時、地面には力尽きたグレンが、干上がったカエルのように情けなく伸びていた。

「職員に暴力行為を働いた以上、今後一切の冒険者ギルドへの立ち入りを禁じるわ。資格も剝奪させて貰《もら》うから」

アンナは倒れたグレンにそう告げると、くるりと振り返った。

「ドロテアちゃん、怪我《けが》はない？」

「は、はい」

「そう、良かった」

「あ、あの、どうして助けに来てくれたんですか？」

「？」

「私たち、敵対していましたよね？　放っておいたら私が退場することになって、好都合だったと思うんですけど」

「確かにね。でもドロテアちゃんは優秀な職員だもの。いなくなると困るわ。あなたが私の立場でもきっとそうしたはずよ」

アンナとドロテアは対極の存在。

けれど私情に駆られて目的を見失わないところは共通している。

だからドロテアにも理解できた。

もしアンナが今回のドロテアの立場に置かれていたとしたら、ドロテアは迷わずアンナを助けることを選択しただろう。

だけど。

そこに含まれる感情は違う。打算が全てじゃない。アンナに憧れているからこそ、そこには私情も含まれる。

「……そうですね」

そう答えながらも、ドロテアは一抹の寂しさを覚えていた。

きっとアンナは自分とは違う。

彼女はドロテアに対して何の感情も抱いてはいない。

分かっていても、それは少し寂しい。

「それに」

アンナは口元に指をあてがうと。

ぱちん、とウインクをしてきた。

「生意気だけど、あなたは可愛《かわい》い後輩だもの。先輩として守るのは当然のことよ」

「――っ!?」

ドロテアは面食らった後、照れ隠しのように尋ねた。

「……私を生かしておいたら、また噛《か》み付くかもしれませんよ？　いつかアンナさんの寝首を掻《か》こうとするかも」

「いいじゃない、上等よ」

アンナはふっと笑みを浮かべた。

「それくらいの気概がないと張り合いが出ないわ。私を追い落とそうとする野心を持った子が、部下に欲しいと思ってたの」

「……ふふ」

敵《かな》わないなあ、とドロテアは小さく苦笑した。

アンナさんには敵わない。

今のところは、まだ。

第四話

グレンとの一件を終えて以降。

冒険者ギルド内の争いはひとまず落ち着いたようだった。

ドロテアはアンナに対して友好的な態度を示すようになった。

それにはアンナもまんざらではないようで、仕事終わり、二人で夜の街に繰り出したりするようになった。

性格こそ違えど、高い向上心を持つ者同士だ。馬が合うのだろう。互いに良い友人関係を築けているようだった。

モニカはアンナを取られたと悔しがっていたが……。

俺はと言うと、今日からまた魔法学園の講師業だった。

学園に出勤し、職員室で担当授業の準備をしていると、同僚講師のイレーネが深い溜息《ためいき》を吐《つ》きながら戻ってきた。

彼女は先ほどメリルのクラスの授業を担当していたはずだ。

「イレーネ先生。どうかしましたか？」

「あ、カイゼル先生。お見苦しいところを見せてしまって……」

イレーネは恥ずかしそうに頬を赤らめていた。

「もしかして、またメリルが何か？」

「いえ。今日はメリルさんではありません」

ほっとした。

けれど、今日はと言うことは、普段はだいたいメリルだということだ。父親として娘が気苦労を掛けていることの申し訳なさが湧いてくる。

「とするといったい誰が……？」

「実は、例の転校生の子でして」

「リバルの娘ですか」

魔法学園に転入してきたリバルの娘。

彼女はメリルと同じクラスになったと聞いていた。

「ええ、彼女――ガーネットさんはメリルさんに負けず劣らずの問題児です」

「メリルに負けず劣らず……!?」

そんな生徒が存在するのか!?

「カイゼル先生は次があのクラスの授業でしたよね？」

「え、ええ」

「気を付けてください。彼女の素行の悪さはただ事じゃありません。少なくとも私の手には負えない相手です」

イレーネは悔しい思いを表情に滲ませる。

「…………」

いったいどんな生徒なんだろうか？

むしろ気になってくる。

するとその時、予鈴のチャイムが鳴った。

「忠告ありがとうございます。それでは」

俺はイレーネにお礼を告げると、踵《きびす》を返して職員室を後にする。メリルたちの待つ教室に向けて歩いていった。

教室に辿《たど》り着くと、すでに生徒たちは皆《みんな》、着席していた。

教卓に出席簿を置くと、辺りを見渡した。

今日はどうやらメリルは出席していないようだ。研究室に籠もって、自分の魔法の研究に没頭しているのだろう。

――あの子か、例の生徒とやらは。

該当の子はすぐに分かった。

姿勢正しく席に座った生徒たち。

その中で一人――教室の後方部にいる金髪の女子生徒が、肩に木刀を担ぎ、大股を開いて机の上に鎮座していたからだ。

くちゃくちゃとガムを噛みながら、物凄い形相でこっちを睨《にら》み付けている。視線だけで岩に穴を穿《うが》てそうなほどだ。

「君がリバルの娘か」

「ああん？」

彼女の下に歩み寄ると、俺は声を掛けた。

「ガーネット、俺はカイゼル＝クライドだ。魔法学園の非常勤講師をしている。君の父親とは古い友人だ」

微笑《ほほえ》みと共に、手を差し出す。

「これからよろしく頼むよ」

「けっ」

金髪の女子生徒――ガーネットはそれには応えなかった。机の上に座ったまま、ぎろりとこちらを睨んでくる。

友好的とは程遠い反応だ。

「彼女は今、反抗期の真っ最中でね。大人に刃向かうのが格好良いと思ってるんだ。気を悪くしないでくれよ」

傍《そば》の席から聞き覚えのある声が聞こえた。

俺は声の主を見て、思わず困惑した。

「……リバル。なぜここに？」

「僕も魔法学園の講師をすることになってね。カイゼル、君の授業がどんなものかと様子を観《み》に来たんだよ」

リバルは爽やかな微笑みと共に前髪を掻き上げる。

なるほどな。

学園側としては、リバルのような超一流の魔法使いは、喉から手が出るほど講師として引きこみたいことだろう。

生徒たちにも大いに学びになるはずだ。

「父親として、ガーネットの非礼を詫《わ》びよう。すまなかった」

「余計なことすんじゃねえ！　クソ親父《おやじ》！」

「おいおい。僕のことはパパ、もしくはダディと呼ぶように言っただろう？　さあ、パパと呼んでみたまえ」

「うるせえクソ親父！」

「やれやれ。困ったものだね」

リバルは苦笑と共に肩を竦《すく》めてみせた。

俺にだけじゃなく、ガーネットは全方向に尖《とが》っているらしい。

確かにこの感じはイレーネには荷が重いかもしれない。

魔法学園の生徒は基本、真面目な子が多い。

ガーネットのような不良生徒と接する機会はほとんどない。免疫がなければ、萎縮してしまうのもムリはない。

「じゃあ、授業を始めようか」

だが、こちらには免疫がある。

村にいた頃、俺は子供たちに剣術を教えていた。その際、悪童と呼ばれるような連中も指導してきた。

「…………」

ガーネットは授業が始まってからも、鋭い眼光を飛ばし続けていた。くちゃくちゃとガムを噛みながら睨んでいる。

「なあ、ガーネット」

「あん？」

「普通に席に座らないか？」

「これがあたしのスタイルだ。文句あっか？」

ガーネットは悪びれない。

むしろこちらに圧を掛けてくる。

「別に文句はないが」と俺は言った。「教室の後方部で机の上に座ってると、後ろの生徒が黒板見えないだろう」

ガーネットはおもむろに振り返った。

後ろにいる生徒と目が合う。

自分の背中が視界を遮っていることに気づくと。

「……………ちっ」

ガーネットは机から足を下ろし、教室の前まで歩いてきた。

すり鉢状に席が配置された教室の最前列——誰の視界も妨げない平地に辿り着くと、再び大股を開いて座った。

「これで文句ねえだろ」

「ああ」

一拍開けてから言った。

「というか、そこはちゃんと言うことを聞くのか」

「てめえの言うことに従ったわけじゃねえ！　後ろの奴《やつ》の邪魔になってたからな。それは忍びないと思っただけだ」

ガーネットなりの矜持《きょうじ》があるらしい。

「じゃあ、そもそも真面目に座って授業を受けるのはどうだ？」

「それはできねえな。突っ張ることがあたしの勲章だ」

そこは譲れないらしい。

まあ、皆の妨げになっていないのならいいか。

授業に戻ろうとした時、ふと気になったことがあった。

「そういえば」

「ん？」

「さっきからずっと、ガムを噛《か》んでるようだが」

「おう」

「それ、膨らませられるのか？」

「あん？」

「いや、ずっと噛んでるだけだったから。膨らませることはできないのかと」

「ガキじゃねえんだ。舐《な》めんじゃねえぞ」

「じゃあ、試しにやってみてくれないか。久々に見てみたくなった」

「……お前、今、授業中だぞ？」

「ちょっとした息抜きだよ」

と俺は言った。

「それとも、できなかったりするのか？」

「で、できらぁ！」

ガーネットはムキになってガムを膨らませようとする。

すると。

ぷくーっ、と。

彼女の開いた口元から、ガムの膜が風船のように膨れ上がった。

「お、見事なもんだ」

「へへっ。どうよ――あ」

どや顔を浮かべたその瞬間だった。

「――ぺぶっ」

ぱちんと勢い余って風船が弾《はじ》けた。

張り裂けた膜が、ガーネットの顔をパックみたいに覆った。それを見た周りにいた生徒たちは笑いを噛み殺していた。

「よし。授業に戻ろうか」

「おおい！　流すんじゃねえ！」

顔を真っ赤にしたガーネットの怒声を背に、俺は魔法構文の解説に戻った。

授業中ずっとガーネットの怨念のこもった視線の矢が放たれ続けていたが、その全てを涼しい顔で受け流し続けた。

「じゃあここの問題、誰かに答えて貰《もら》おうかな」

板書し終えると、生徒たちを一通り見回す。

誰にしようか……。

「よし、ガーネット」

「ああ!?」

最前列でメンチを切っていたガーネットを指名した。

「てめえ、よりによってなんであたしだよ？　こういう時、真っ先に指名する選択肢からは外すだろうが！」

「君も受講してる生徒の一人だからな。特別扱いはしない」

俺はそう言うと。

「雷魔法のサンダーアローを発動させる際、どの部分を改変すれば速度が増すのかは答えられるか？」

「冒頭の【切り裂け】の部分だろ」

ガーネットは吐き捨てるように呟《つぶや》いた。

「おお、ちゃんと聞いてたのか」

「メンチを切り続けてたら、嫌でも聞かざるを得ないからな」

確かに。

教室の最前列で休まずにずっとメンチを切り続けていたら、俺の授業の内容も否応《いやおう》なしに聴くことになるだろう。

それ以外にすることないし。

しかし変なところで真面目だな。

「ははっ！　てめえは答えられないあたしを晒《さら》し者《もの》にしたかったようだけどよォ。目論見《もくろみ》は外れたわけだ」

「その意図は全くないよ。大したもんだ」

そう言うと、俺は拍手を送る。

すると、生徒たちもつられて拍手し始めた。

「や、やめろ！　あたしを讃《たた》えるんじゃねえ！　そんなのはワルじゃねえ！　憧れるような姿じゃねえ！」

ガーネットは両手をバタバタと振って、拍手を止《や》めるように促していた。その顔は羞恥の朱色に染まっていた。

どうやら褒められるのは苦手らしい。

授業が終わると、リバルが話しかけてきた。

「カイゼル、苦労をかけたね」

「いいや、これくらいは全然」

「ガーネットは悪ぶることが格好良いと思っているようでね。誰に対してもツンケンした態度を取るんだよ」

「思春期真《ま》っ只中《ただなか》って感じだな」

「ほら、ワルであり続けることは、強くないとできないだろう？　生半可な人間であれば矯正させられてしまうからね」

「確かに」

ワルを貫き通すのは相応の強さと根性が必要だ。

生半可な覚悟ではできない。

強さの証《あかし》として、突っ張りたいわけか。

「だけど根は悪い子じゃない。彼女は料理が上手でね。毎日早起きして、姉たちのお弁当を作ってあげてるんだよ」

「おい、ぺらぺら余計なこと喋《しゃべ》ってんじゃねえ！」

ガーネットが怒声を上げると、リバルは肩を竦めた。

「僕はそろそろ退散するかな。次の授業があることだし」

「俺はもう少しここにいるよ」

「そうか。ではまた」

「ああ」

リバルは手を上げると、教室を後にした。

俺は生徒たちからの授業の質問を受けながら、それとなくガーネットの休み時間の様子を観察してみることにした。

何かがおかしい……。

ガーネットは教室の席に座りながら違和感を覚えていた。

彼女はワルに憧れていた。

ワルを貫こうと思ったら、強くないといけない。生半可な人間だと、周りの圧力に負けて矯正させられてしまう。

世の中の英雄たちも同じだ。

自分の中の芯を一本貫き通したからこそ、後世に語られるような存在になった。

出る杭《くい》は打たれるというが、出すぎた杭は打たれない。それどころかむしろ、周囲からの尊敬を受けることだろう。

ガーネットが学園に転入したのは、リバルに頼まれたからだ。カイゼルの娘、賢者よりも優れていることを見せつけて欲しいと。

本来なら言うことを聞くつもりなんてなかった。

現在、反抗期真っ盛り。

父親の言うことなんて、聞くわけがない。

けど、学園の生徒を一目見た時に気が変わった。

――ここの制服、超かっけーじゃんか！

魔法学園の制服に一目《ひとめ》惚《ぼ》れしたのだ。

――こいつは着崩したら、絶対良い感じになる！

そして学園に転入することを決めた。

ガーネットの目論見は果たして的中していた。

転入初日、学園の制服に袖を通した瞬間、あまりの格好良さに全身が電流で打たれたかのように震えた。

――やっぱ超かっけー！

何度も鏡の前でポーズを取った。そして決意した。

――あたしはこの学園一のワルになる。

リバルの頼みはすでに頭になかった。

転入してからの不良らしい振る舞いによって、教室の連中には畏怖の念を充分植え付けることができたはずだ。

休み時間になったが、まず人は寄ってこないだろう。

それこそがワルであり、強者であることの証。

しかし。

「ガーネットちゃん、さっきの授業、凄《すご》かったねー」

「でも、ノート取ってないでしょ？　私の貸してあげようか？　その代わり、色々とお話を聞かせて欲しいなー」

滅茶苦茶《めちゃくちゃ》話しかけられていた！

周りには人が集まりまくっていた！

「てめえら、あたしに近づくんじゃねえ」

「え？　どうして？」

「あたしはワルだからな。怪我《けが》するぜ？」

「でも姉妹にお弁当作ってあげてるんでしょ？」

「やさしいよねー」

「ばっ！　ちげーから！　あれは出来心というか……思いの外、あいつらが喜んでくれるからついというか！」

ガーネットはわたわたと弁明すると。

「つーか、あたしはこれまで散々素行不良を働いてきたじゃねえか！　なんでてめえらはビビらないんだよ!?」

「それは……」

「何というか」

「私たちには免疫ができているからよ」

つんとした気高い猫のような女子生徒。

背筋が伸び、凜《りん》とした立ち姿の彼女は、細くて小さな顎に手をあてがいながら、不本意な面持ちを浮かべていた。

「あんた、確かフィオナだったか。クラス委員長の」

「ええ」

「さっきの話、どういうことだ？　免疫？」

「このクラスにはあなた以上の問題児がいるから。ガーネットさんの素行程度では、誰も驚いたりはしないの」

「……なに？」

「あなたは一応、授業には出席してきているでしょう？　けれど、彼女はこの数週間一度も出席していない」

「数週間一度も!?」

フィオナは静かに頷《うなず》いた。

「私が再三、授業に出るようにと促してもまるで聞く耳を持たない。それどころか食堂のスイーツをねだってくる始末よ」

「ボイコットの上に、パシリを……!?」

　ということは。

　ガーネットが転入してきてから、その生徒は一度も授業に出ていない。まさかこの教室にそんな奴《やつ》がいたとは。

「つーか、そんなに欠席してたら単位取れねえだろ？」

「彼女は特待生だから。出席を免除されているの。とはいっても、他の特待生たちは基本的に出席してるけれど」

「特待生だァ？」

　ガーネットは怪訝《けげん》そうな面持ちを浮かべる。

「特待生って言うと一応学園の代表だろ？　生徒の模範にならないといけねえ奴が、その素行なのかよ」

「ええ」

「ワルすぎるだろ……！」

　唖然《あぜん》とするガーネットに、フィオナは告げた。

「そう、彼女——メリル＝クライドこそが学園一の問題児。ガーネットさんを遥《はる》かに凌駕《りょうが》する稀代《きたい》のワルよ」

「なっ――!?」

その名を聞いた瞬間、目を見開いた。

メリル＝クライド。

それはリバルの好敵手、カイゼルと同じ名前。

つまりは奴の娘だ。

「……なるほどな。面白くなってきやがった」

リバルの頼みを聞くつもりはなかったが――。

気が変わった。

メリルがガーネットを凌《しの》ぐほどのワルだと言うのなら見過ごせない。奴よりも自分の方が上だと証明しなければ。

名実ともに学園一のワルにはなれない。

「メリルか。あたしがぶっ飛ばしてやるよ」

ガーネットは静かに闘志を燃やしていた。

学園の昼休み。

ガーネットはメリルの根城である研究室に向かっていた。

目的はもちろん、メリルに果たし状を叩《たた》きつけるためだ。

その傍らには二人の同行者がいた。

クラス委員長のフィオナともう一人、ポーラという女子生徒だ。聞くところによると、彼女はメリルの友人らしい。

フィオナがメリルを授業に引っ張り出すため、友人であるポーラの協力を取り付けたのだった。

「メリルちゃん、授業に出なすぎて他の先生に目を付けられてるもんね……」

稀代のワルであるメリルの友人だからポーラもワルかと思ったが、いたって温和で人柄の良さそうな子だった。あと、胸が大きい。

彼女は授業に出てこないメリルのことを案じていた。

それぞれ目的を異とするガーネットたちは、メリルの研究室に辿《たど》り着いた。

扉を開けて、足を踏み入れる。室内は機材やら何やらでごちゃついていた。整理整頓という言葉とは程遠い有様だ。

「メリルちゃーん、いるー？」

ポーラは呼びかけながら、奥に進む。

すると。

ソファの背からぴょこりと飛び出していたアホ毛が反応した。

「むにゃむにゃ……なにー？」

遅れてのそりと身を起こした女子生徒。

アホ毛が特徴的な彼女は、人形のように可愛《かわい》らしい顔立ちをしていた。小柄で、とても稀代のワルには見えない。

「あれ？　ポーラちゃんに、フィオナちゃんじゃゃん。どしたの？」

「どうしたもこうしたもないわよ！」

ここに来た目的を告げようとしたフィオナだったが、ソファの上に座るメリルの格好を見るなり狼狽《ろうばい》した様子を見せた。

「ちょっ!?　なんで服を着てないの!?」

メリルは一糸まとわぬ姿だった。

つるりと陶器のような肌を晒《さら》していた。

「研究に集中してたら邪魔になったから」

「さっさと着なさい！」

「えー」

フィオナに促されて渋々制服を着るメリルを見て、ガーネットは驚愕《きょうがく》していた。

――あたしは制服を着崩すことで、ワルを演出しようとしていた。けど、こいつはその遥か上を行ってやがった……！

そもそも服を着ないなんて、何てワルなんだ……！

オーバーラップ文庫＆ノベルス NEWS

文庫
注目作
その剣士が手にするは、
最強の剣技と
魔王の力
攻撃力ゼロから始める剣聖譚1
〜幼馴染の皇女に捨てられ魔法学園に入学したら、
魔王と契約することになった〜
著：大崎アイル　イラスト：kodamazon

ノベルス
注目作
これは家族から
愛されなかった少女が、
誰よりも
幸せになる物語。
誰にも愛されなかった醜穢令嬢が幸せになるまで1
〜嫁ぎ先は暴虐公爵と聞いていたのですが、気がつくと溺愛されていました〜
著：青季ふゆ　イラスト：白谷ゆう

「で、何しに来たの？」

着衣を終えたメリルが尋ねる。

「いい加減、授業に出てきなさい」

フィオナは咎《とが》める口調で言う。

「あなたが授業に出ないせいで、クラス委員長の私が小言を言われるの。このままだと内申にも響きかねない」

「えー。面倒くさーい」

メリルは駄々をこねる。

「今研究が忙しいんだよねー」

「そもそも何の研究をしているの？」

「不老不死の研究だよ？」

「ふ、不老不死……！」

それは人類が未《いま》だ到達しえない禁断の領域。

魔法使いたちにとっての永遠の憧れ。

「研究の進捗はどう？」とポーラが尋ねる。

「うーん。やっぱり他の魔法とは違って中々手強《てごわ》いかなー」とメリルは言った。「でもあと二年もあれば完成するよ」

「あ、あと二年だァ!?」

ガーネットは素っ頓狂な声を上げた。

魔法使いであれば、誰でも知っている。

不老不死の研究の結実がいかに夢物語かということを。

これまで数多《あまた》の高名な魔法使いが挑んでは、手が届くことなく散っていった高み。それを彼女はあと二年で完成させられると豪語する。

――本気で言ってるのか？　強がってるだけじゃないのか？　もし本当だとすれば完全に規格外の存在だぞ……!?

「不老不死が実現したら、パパたちとずーっといっしょにいられるし♪　そうすれば毎日幸せなこと間違いなし！」

メリルはうっとりと未来に想《おも》いを馳《は》せると、ガーネットの存在に気づいた。

「そういえば、その人だぁれ？」

今気づいたのかよ、とガーネットは心の中でツッコミを入れた。遅いだろ。こいつ他人に興味がまるでないのか？

「彼女はガーネットちゃん。この前、学園に転入してきたの。そういえば、メリルちゃんはこれが初対面だよね」

「へえー」

メリルはじろじろとガーネットを舐《な》め回すように見る。

「な、なんだよ」

「その服、格好良いねー」

「お、おお？　そうか？」

服装を褒められて、ガーネットはちょっと嬉《うれ》しかった。

「ボクちゃんも制服の着こなしには一家言あるからねー」

確かに言われてみれば。

尋常じゃなく個性的な制服の着こなし方をしている。

というか、露出度が凄《すご》い。

「風紀が乱れるからやめなさい」

「ボクのこだわりだから聞けませーん」

メリルは胸の前でバツ印を作って拒否してみせた。

フィオナはぐぬぬと悔しそうな面持ちを浮かべていた。

「メリルちゃん、授業に出なすぎて他の先生たちに目を付けられてるよ。ノーマン先生も随分と怒ってたし」とポーラが言う。

「へーきへーき。ボクの方が強いし」

「そういうことじゃないと思うよ!?」

「それよりポーラちゃん、大道芸の新しい衣装を作ったから！　これを着てまた二人で街に繰り出そう！」

そう言うと、メリルはどこからともなく衣装を取り出した。

「じゃじゃーん♪」

「前よりも露出度が上がってるよぅぅぅ！」

ポーラは新衣装を見て悲鳴を上げた。

「前の時点でほとんど裸みたいな露出度だったのに！　あれ以上に布の面積を減らすことなんてできるの⁉」

「早速、試着してみよー！」

「ひえええええ！」

ポーラに着替えさせようと迫るメリル。

その様子を見てガーネットはフィオナに尋ねた。

「おい、なんだこりゃ」

「メリルさんは街で魔法を使った大道芸をしてるの。それにポーラさんを無理矢理付き合わせてるというわけ」

「あの衣装を着させてか？」

「あの衣装を着させてよ」

ガーネットは裸同然の大道芸衣装を見て呟《つぶや》いた。

「えげつねえな……」

あんなものを清楚《せいそ》なポーラに着させるとは……。

辱めを受けさせるとかいうレベルじゃない。

相当のワルだと認めざるを得ない。

「おい、メリルとか言ったな。あたしと勝負しろよ」

ガーネットはここに来た本来の目的に立ち返る。

自分の方が上だと——ワルだと証明しに来たのだ。

「自慢じゃないが、あたしも相当なワルだと自負してる。あたしとあんた、どっちが一番のワルか決めようじゃねえか」

「え？　何言ってるの？」

メリルはきょとんとした表情を浮かべた。

「ボクはワルじゃないけど」

「なに？」

「むしろすっごい良い子だと思うよ？」

「は……？」

ガーネットは思わず唖然《あぜん》としてしまう。

こいつ、何を言ってるんだ……？

「いやいや！　お前、相当のワルじゃねえか！　授業はサボるわ、服は着ないわ、同級生に辱めを受けさせるわ！」

「ボクは普通にしてるだけだけど」

まるでピンと来ていないらしい。

そうか、とガーネットはその時、はたと気づいてしまった。

ワルを自称するのは本当のワルじゃない。

真のワルというのは、自分がワルではないと信じ込んでいる人間なのかも。つまり奴《やつ》はこちらよりも上の——純粋な邪悪！

……認めるわけにはいかねえ。

「とにかく、あたしとあんたのどっちが強いか、白黒つけようぜ」

「えー。やだなー」

「は？」

「勝負とか面倒臭いじゃん。だからそっちの勝ちでいいよ」

メリルは投げやりに言うと、ぱちぱちと拍手をした。

「はい、おめでとーございまーす」

「ふざけんな！　そんな適当なことが通るか！」

これ以上ないほどに蔑《ないがし》ろな対応をされ、ガーネットは声を荒げた。

「だってやりたくないし。ボク、面白いこと以外はしたくないんだよねー」

「……ちっ」

ガーネットは舌打ちをしながら決意した。この手は使いたくなかったが、もはや手段は選んでいられない。

「言っとくが、これにはお互いの父親の面子《メンツ》も懸かってるんだぜ」

「……パパの？」

「そうだ。このままだと、あんたの父親よりうちの親父《おやじ》の方が上ってことになる。それでも構わねえのか？」

これは父親同士の代理戦争でもある。

ガーネットにその気はなかったが。

メリルが勝負を受けずに不戦敗を喫することになれば、カイゼルよりリバルの方が上だと取られてしまいかねない。

「なるほど、そっかー」

メリルは自分の双肩には父親の名誉が懸かっていると理解したらしい。

すると次の瞬間。

纏《まと》っていた空気が一変した。

「じゃあ本気出さないとね♪」

「なっ……!?」

ガーネットは目の前の光景に圧倒されていた。

全身に魔力を漲《みなぎ》らせたメリルの姿。

それは先ほどまでとはまるで別人のようだった。

「メリルちゃん、凄い……！」

「立っていられなくなるほどの魔力量ね……」

ポーラとフィオナも気圧《けお》されているようだった。

しかしそれ以上に――。

ガーネットは戦慄していた。

彼女は紛れもなく一流の魔法使いだ。ポーラとフィオナよりも。だからこそ、メリルの実力を他の誰よりも理解できた。

……なんだこの練り上げられた魔力は。底の見えない魔力量は。

ガーネットもメリルも言葉の上では一流の魔法使いと称されるだろう。しかし同じ言葉の中でも圧倒的な差がある。

……冗談じゃない。

こんな出鱈目《でたらめ》な魔法使いが存在していいのか？

「ボクのパパは最高に格好良くて、最強だから♪　それを証明できるなら、ボクちゃんは何でもしちゃうよ♪」

メリルはウインクすると、ガーネットを指さして言った。

「さ、勝負しよっか？」

「…………いや」

苦虫を噛《か》み潰したような面持ちのガーネットは、振り絞るように声を発した。俯《うつむ》きながら、腿《もも》の横に置いた拳を強く握りしめる。

「……あんたと対峙《たいじ》して、今はっきりと分かった。あまりに格が違いすぎる。とてもじゃないが敵《かな》う気がしねえ。……降参だ」

「えー？　せっかくやる気になったのにー。つまんないのー」

メリルは不満そうに頬を膨らませた。

戦う前から勝負はついている。

メリルの力を目の当たりにした今、戦っても赤子の手を捻《ひね》るように叩《たた》きのめされる結果になるのは分かりきっている。

……認めざるを得ない。こいつはあたしを越える、本物のワルだ。

ガーネットの心は完全に折れていた。

けれど、その心は打ち震えてもいた。

……この人に付いていけば、あたしもより高みを目指せるかもしれねえ。本物のワルになれるかもしれねえ。それだけの器の大きさがこの人にはある。

初めて出会った格上の相手に尊敬の念を抱いていた。

「メリル――いや、姉御！　頼みがある！」

ガーネットはその場で膝をつくと、深々と頭を下げた。

「あたしを舎弟にしてくれ!!」

「へ？」

突然の申し出に、メリルはきょとんとしていた。


今日はまた魔法学園の講義日だった。

俺は職員室を出ると、講義のために教室に向かう。

その道中、たまたまメリルのクラスの前を通りかかったので、それとなく様子を覗《のぞ》いてみることにした。

「お」

久しぶりにメリルの姿があった。

研究が一段落したのだろうか。

彼女の席の周りには、生徒たちが集まっていた。ポーラにフィオナ、和気藹々《わきあいあい》とした場に一人様子の違う生徒がいた。

「姐《ねえ》さん！　おはようございます！」

ガーネットだった。

彼女は深々とメリルに対してお辞儀をしていた。

他の生徒たちはそれを見て唖然としている。

「ね、姐さん……？」

俺もその光景を前に困惑していた。

いったい何が起こったんだ？

「どうやらガーネットはメリルくんのワルさに感服したようでね。ぜひ舎弟になりたいと申し出たようなんだ」

いつの間にかリバルが隣に立っていた。

「ワルさ……？」

「ガーネット曰《いわ》く、メリルくんは自分を良い子だと信じて疑っていない。その姿勢に本物のワルさを感じたようだ」

「…………」

「姐さん、喉渇いてませんか!?　自分、飲み物買ってきますよ！」

「んーん。平気」

「次は移動教室ですよね！　お荷物、お持ちします！」

「大丈夫、ボク、基本的に教科書は持ってこないし。それに次の授業は面倒だから研究室でサボるつもりだから」

「いいですね！　ぜひごいっしょさせてください！」

「えー。やだよ」

「そんなこと言わずにぜひ！」

「うえー。すっごいくっ付いてくるじゃん……」

懐いた子犬のようにぐいぐいと迫ってくるガーネットに対して、メリルは心底嫌そうな面持ちを浮かべていた。

メリルのこういう反応を見るのは何だか新鮮だ。

――まあ、対立してるよりは良いか。

俺は微笑《ほほえ》ましく見守ることにしたのだった。

第五話

リバルやその三人娘がやってきてしばらくが経《た》った。

彼らと共に過ごす日々は、俺たちの日常に溶け込みつつあった。

何だかんだありつつも、それなりに皆《みんな》、上手《うま》くやっているようだ。

魔法学園の講師業を終えて家路につこうとしたところで、同じく講師業を終えたリバルに声を掛けられた。

「どうだい。帰りに一杯」

「そうだな」

たまには飲んで帰るのもいいかもしれない。

俺たちは共に通りの酒場に向かうことにした。

対立関係にあると言っても、別に互いのことを嫌い合っているわけじゃない。

月明かりの下、夜道を歩いていると騎士団の練兵場の前を通りかかった。その中からは木剣の打ち合う音が聞こえてきた。

「あれは……」

練兵場で打ち合いをしているのは、エルザとスノウだった。

すでに終業時間は過ぎている。

となると、二人は居残りで鍛錬をしているのだろう。

「……こんな時間まで付き合わせてごめん」

「いえ。私も勉強になりますから」

「エルザと戦うの、楽しい」

「ふふ。私もですよ」

エルザとスノウは互いに微笑みを交わし合う。それは実力が拮抗《きっこう》する者同士、同じ高みにいる者たちの共鳴だった。

再び練兵場には木剣が響き合う音が聞こえてきた。

「スノウは僕や姉妹以外の相手には人見知りを発動させていたのだけど。君の娘に対してはそれがないようだ」

リバルは二人の打ち合いを眺めながら呟《つぶや》いた。

「随分と懐いているようでね。よく家でも彼女の話をしているよ。こんなことは今までになかったから驚いた」

「……そうか」

「もっとも、当初の想定とはズレてしまっているけどね。本来ならスノウがエルザくんを打ち倒すはずだった」

だが、と続けた。

「君の娘と切磋琢磨《せっさたくま》することで、スノウの剣技はより研ぎ澄まされている。騎士団長の座を奪う日もそう遠くはないだろう」

「その分、エルザも進化し続けてる。そう簡単にはいかないさ」

俺たちはしばらく二人の打ち合いを遠巻きに見学した後、再び歩き出した。

通りの一角に店を構える大衆酒場にやってくる。

店内は今日も賑《にぎ》わっていた。

俺たちは空いている席に腰を落ち着けると、辺りを見渡した。

商人に冒険者、炭鉱の作業員など、王都に住む老若男女たちが、一日の労働を労《ねぎら》うように酒を酌み交わしている。

その中に慣れ親しんだ顔を見つけた。

アンナにドロテア、そしてモニカ――冒険者ギルドの職員たちだった。彼女たちは三人で飲み会を開いているようだ。

「私は今の冒険者ギルドには改革が必要だと思うの。抜本的に構造を変えることで、組織の膿《うみ》を取り除かないと――」

「その考え方は立派だと思いますけど、少し短絡的じゃないですか？　急速に進めちゃうと周りに敵が増えますよ？」

「だけど、大鉈《おおなた》を振るわないと、時間が掛かるでしょ？」

アンナはあっけらかんと言った。

「改革を行うことで冒険者たちが活動しやすくなるのなら、私が嫌われるくらい、大したことないと思うけど」

それに、と続けた。

「冒険者ギルドに入った時から、元々周りは敵ばかりだったし。私はそれを蹴散らして今の地位に上り詰めたから」

「もう、相変わらず好戦的ですね」

ドロテアはそう言うと、にっこりと微笑む。

「でもアンナさんは勘違いしてますよ？」

「勘違い？」

「冒険者ギルドに入った時は、周りが敵だらけだったかもしれません。でも今はとっても頼りになる味方がいるじゃないですか♪」

「どこに？」

「ここに♪」

ドロテアは両手の人差し指で自分の頰を押さえながら、にっこりと微笑んだ。

「私が根回しをして、アンナさんの敵を作らないよう立ち回ります。なので思う存分大鉈を振るってください♪」

「下手すると、ドロテアちゃんも敵を作ることになるわよ。労力の割にあなたの見返りが少なすぎると思うけど」

「冒険者の皆さんのお役に立ちたいという気持ちは私も同じですから」

ドロテアはそう言うと。

「それにアンナさんが不甲斐《ふがい》ない働きぶりをしているようなら、その隙に寝首を掻《か》かないといけませんから。常に傍《そば》にいないと」

「なるほどね」

アンナはふっと笑みを浮かべた。

「そうと決まれば、明日《あした》からは忙しくなるわね」

「はい♪」

「モニカちゃんもいっしょに頑張りましょう」

「あ、あのー」

盛り上がっていた二人に水を差すように、すっとモニカの手が挙がった。

「私は別に現状維持でもいいかなっていうか。ムリしてギルドの改革とかしなくてもいいんじゃないかなーと」

「どうして？」

「まあ、何というか……ぶっちゃけ忙しくなるの嫌なんで。へへ」

「「…………」」

アンナとドロテアは互いに顔を見合わせると、にっこりと笑みを交わした。そして二人はモニカの肩に手を置いた。

「却下♪」

「頑張りましょうね、先輩♪」

「全然聞く耳持ってないいいいいいいいい！　こんなことなら二人がずっと仲違《なかたが》いしてる方が良かったあああああ！」

悲鳴を上げながら頭を抱えるモニカ。

アンナとドロテアが手を組んでやる気満々になったことで、彼女のだらだらサボり生活は葬り去られてしまったようだ。

「随分と盛り上がってるみたいだな」

俺はその様子を眺めながら言った。

「…………」

「リバル、どうした？」

「いや、ドロテアのああいう姿は珍しいと思ってね」

リバルはしみじみと呟いた。

「彼女は優秀で、人一倍気を配れる子だからね。周りの顔色を窺《うかが》うあまり、これまで本音でぶつかれる相手がいなかったんだ」

今後の冒険者ギルドの方針について、アンナと侃々諤々《かんかんがくがく》の議論をしているドロテアの姿を眺めながら続けた。

「君の娘に出会ってから、ドロテアは毎日生き生きとしている。自分をさらけ出せる相手を見つけたのだろう」

「アンナにとっても、ドロテアの存在は刺激になってる。優秀な後輩ができて、張り合いが出たんだろうな」

アンナが直接そう口にしたわけじゃない。

けれど、様子を見ていれば分かった。

ドロテアが加入したことで、冒険者ギルドはより良い組織になるだろう。その分モニカは割りを食うことになるだろうが。

俺たちは手元のジョッキに注がれたエールを口にする。しゅわしゅわとした苦みが喉元を滑り落ちる。

時間が経ち、心地のよい酔いが回ってきた頃だった。

酒場の店長が店の奥から出てくると、周囲に呼びかけた。

「皆さま！　本日は店内ステージにて、ショーが催されます！　ゲストは現在王都で人気沸騰中の大道芸人――！」

「「――っ!?」」

俺とリバルは口に含んでいたエールを噴き出しそうになった。

「メリル&ポーラ with ガーネットです！」

店の奥。

設営されたステージの上に立っていたのは、メリルとポーラだった。露出度の高い大道芸用の衣装に身を包んでいる。

その傍らには同じ衣装を着たガーネットの姿があった。

一見すると気丈を装っているが、やはり露出度の高さに抵抗はあるのだろう、ほんのりと頬に朱が差していた。

「どーもどーも」

客席からの拍手に笑顔で応えるメリルは平然としているが、ポーラとガーネットは照れを拭いきれないでいた。

「まさかここに出演することになっていたとは……」

「が、ガーネット……!?」

リバルは唖然《あぜん》としていた。

ムリもない。

反抗期まっただ中で一匹狼《いっぴきおおかみ》だったガーネットが、奇抜な衣装を着て大道芸のステージに立っているのだから。

何があったんだと思いたくもなる。

「じゃあまずはボクたちの演目から！」

メリルとポーラが二人で芸を始める。お手玉をしたり、水芸をしたり。しばらくした後にメリルが言った。

「さあ、次は新人のガーネットちゃんでーす」

「姐《ねえ》さん、勉強させていただきます！」

ガーネットは威勢よく押《お》忍《す》の姿勢を取ると、腰に差していた木刀を抜いた。その面持ちは緊張していた。

「いくよー。ほいっ」

メリルが距離を取った場所から、下手でリンゴを放り投げる。

たどたどしい足取りで、落下地点に入るガーネット。

「せい！」

高らかに放物線を描いたリンゴを、木剣の先端で見事串刺しにする。次々に投じられる果物類を全て貫いていった。

「いいぞー！」

客席からは歓声や口笛が鳴り響いた。

「目指すべき存在ができたとは聞いていたが、まさか君の娘だったとは……。しかも妙な大道芸に傾倒するように……」

リバルは額を押さえていた。

「……何というか、すまん」

俺は思わずそう言っていた。

メリルの騒動に巻き込んでしまった。

「いや、謝る必要はないよ。ガーネット自身が決めたことだ。それにずっと一匹狼だった彼女に目標ができたんだ。喜ばしいことだろう」

「そ、そうか」

「ガーネットに限らず、僕たちは特定のコミュニティに属することがなかった。世界各地を転々としていたからね。だから王都に来て、君の娘たちや、住民たちと関係を築けたのは彼女たちにとっても良いことだ」

リバルはメリルと共に大道芸に興じるガーネットや、アンナと議論に興じるドロテアの姿を眺めながらそう呟《つぶや》いた。

俺はその姿を見て思わず口にしていた。

「リバル、何だか変わったな」

「そう見えるかい？」

「昔のお前に比べると、随分と柔らかくなった」

「確かに」

リバルは苦笑した。

「若い頃の僕は高みを目指すこと以外に興味がなかった。自分にしか興味がなかった。君に執着したのも、全ては自分を満足させるためさ」

俺もまた同じだった。

若い頃はSランク冒険者になることしか考えていなかった。今よりも上へ上へ、高みに至ることだけを目指していた。

「最初は君の娘たちに対抗するために子育てを始めた。それは完全に自分のためさ。だけど時間と共に変わっていった」

ジョッキの中のエールに口を付けると。

リバルはふっと笑みを浮かべた。

「昨日までできなかったことが、今日はできるようになっている——その成長を見守るのは思いのほか楽しくてね。色々としてあげたくなった。

自分のためだけに割いていた時間を、娘たちのために使うようになった。自分のために生きる時間が減り、彼女たちのために生きる時間が増えた。

君の娘たちに勝つために優秀な子に育ててあげる——当初掲げていたはずの目的は、いつの間にか二の次になっていた。ただ彼女たちが健康に育ってくれれば、それだけでいいと思うようになっていた」

「…………」

「彼女たちの世話をしているうちに、情が湧いてしまったのだろうね。昔の僕からすると考えられないことだ」

エールを飲み干したリバルは、自嘲するように言った。

「高みだけを目指していた頃より、今の僕は弱くなった」

「むしろその逆だろう」

俺はその主張に反論した。

「自分のためだけに生きていた頃より、守るべき者ができた今のお前の方が、かつてよりもずっと強くなってると思うが」

「経験者は語る……というわけかい？」

「ああ」

「お互いに年を取ったね」

リバルは手を挙げると、店員を呼んでエールのお代わりを注文した。少しして女性店員がジョッキを運んでくる。

リバルがお礼を言うと、黄色い声を上げていた。

周囲の女性客たちも熱っぽい視線をリバルに浴びせている。

端整な顔だちもあり、リバルは昔からよく異性にモテていた。しかし、奴《やつ》は全ての誘いを突っぱねていた。

僕にはやるべきことがある。色恋などにかまけている暇はないと。

それが今や所帯を持っている。娘たちがいるということは、かつては母親が——リバルに妻がいたということだ。

「父親一人での子育ては大変だっただろう」

「君にできて、僕にできない道理はないよ」

「俺の場合は村の皆《みんな》が手伝ってくれたからな」

「僕も同じさ。周りの人たちが手を貸してくれた。彼らの助けがなければ、三人の娘たちを育てることはできなかった」

リバルもまた、俺と同じような境遇だった。たった一人で子育てするのは大変だ。周りの者たちの助力を得ていた。

酔っていたこともあるのだろう。

かねてより疑問に思っていたことを尋ねていた。

「その……母親はどうしたんだ？」

「言っただろう？　僕は父親であり、母親でもあると。彼女たちにとって、親という言葉は僕一人を指す」

冗談めかしながらも、その言葉には強い意志があった。

「そもそも――」

リバルがその先の言葉を紡ごうとした時だ。

酒場の扉が勢いよく開かれた。

エルザとスノウが焦燥に駆られた様子で飛び込んできた。店内を見回し、俺たちの姿を認めると二人は声を上げた。

「父上！」

「パパ上！」

その表情を見た瞬間、不穏なものを感じた。

リバルも同じだったのだろう。俺たちは娘たちに尋ねていた。

「どうした？」

「何があったんだい？」

「王都の正門前に魔族の姿が確認されました！」

「――っ!?」

平穏な夜を切り裂く突然の報告に、息を呑《の》んだ。

酒場にいた客たちにもどよめきが走る。

騒ぎを聞きつけ、アンナやドロテア、メリルとガーネットも駆け寄ってきた。

「詳しい状況を教えてくれ」

「スノウたちが打ち合いをしていたら、夜警中の騎士から連絡があった。王都の正門前に魔族の姿が見えると」

「敵の規模は？」

「そ、それが……」

エルザは戸惑ったように言葉を紡いだ。

「敵は一人です」

「一人？」

「はい。他の魔族や魔物は確認できていません」

妙だな。

王都を襲撃するなら、群れを成してくるはずだ。

少なくとも単騎というのはあり得ない。何か企《たくら》みがあるのか……？

俺の疑問を察知したのだろう。

エルザはそれに答えるように言った。

「現状、魔族に敵意はないようです。代わりにある要求をしてきました。リバルと娘たちを連れてくるようにと」

「リバルたちを……？」

なぜ魔族はリバルたちのことを知っている？

それに何の意図があって、呼び出そうとしている？

「リバル、何か心当たりはあるか」

「生憎《あいにく》、僕に魔族の知り合いはいないよ。ましてや王都にまで追ってくるような、因縁を持った相手となればね」

反応を見るに、本当に心当たりはなさそうだ。

「父上、どうしますか」

「スノウはパパ上の決定に従う」

「わざわざ向こうの思惑に乗ってあげる必要はないんじゃない？」

「私もそう思います。素直に言うことを聞いてあげるのは癪《しゃく》ですし。会いたいなら向こうが出向いてくるのが筋ですよ」

「それはそれで困るけど」

「ボクはぱっぱと終わらせて、早く大道芸の続きがしたいなー。せっかく盛り上がってたところだったのにー」

「姐さんがこう仰《おっしゃ》ってんだ。殴り込みかけようぜ」

「リバル、お前はどう思う？」

意見を求めると、リバルは僅かに逡巡《しゅんじゅん》した後、口を開いた。

「直々のご指名を受けたんだ。だったら応えないわけにはいかないだろう。敵が何を用意していようと関係ない」

そう言うと。

「それに、直接会って聞き出す必要がある。なぜ僕たちを知っているのか。いったい何を企んでいるのかを」

「……そうだな」

いずれにせよ、放置することはできない。

俺たちは魔族の下に出向くことに決めた。


王都を囲む石壁の外。

正門の前に広がる平原は、闇夜に塗り潰されていた。

その中にぽつり、屹立《きつりつ》する人影。

頭部から生えた双角に、背中には漆黒の大翼。人間離れした長身に、細身ながらも筋肉が凝縮された身体《からだ》。額には、魔力の込められた刻印が入っている。

魔族のその男は、知性をたたえた顔立ちをしていた。俺たちを視認すると、掛けていた眼鏡のアーチ状の部分を指で押し上げる。

「お待ちしておりました」

魔族の男は落ち着いた声色でそう言った。

「私はメトロンと申します。夜分遅くにもかかわらず、招集に応じていただけたこと、心より感謝いたします」

俺たちは魔族の男——メトロンと対峙《たいじ》する。

俺とリバル、そしてその娘たちという構成だった。

騎士たちを連れてくることも考えたが、敵がどんな手段に出るか分からない以上、少数精鋭で赴くことにしたのだった。

「ねえ。それって眼鏡？」

メリルがメトロンの掛けている眼鏡を見てそう尋ねた。

「魔族も眼鏡とか掛けるんだ？」

「メリル、それ今ここでする質問？」

アンナは呆《あき》れていた。

「だって気になるんだもん」

好奇心を抑えきれなかったようだ。

「私は生まれつき、他の魔族と比べると視力が悪いのです。それ故、矯正するために眼鏡を掛けています」

　メトロンは柔和な口調でそう答えた。

「ちなみにこの眼鏡は人間が作ったものです。視力の優れている他の魔族にとって、眼鏡は無用の長物ですから」

　魔族は卓越した身体能力を有している。視力も人間より遥《はる》かに優れ、遠方の標的も視認することができると言う。

　メトロンがイレギュラーな存在なのだろう。

「あなた、魔族なんでしょう？」とアンナが怪訝《けげん》そうに尋ねた。「人間が作ったものを身に着けるのに抵抗はないの？」

「素晴らしいものは素晴らしい。誰が作ろうと、そこに貴賤《きせん》はありません。あなたは随分と保守的な考えをお持ちのようだ」

「はあ？」

　アンナは不愉快そうに顔をしかめた。

「あなたはなぜ、この王都に？」

　エルザは腰に差した剣の柄《つか》に手を掛けながら尋ねる。

「懐かしい顔に会いに来たんですよ」

「リバルたちのことを知っているような口ぶりだったな」

メトロンは静かに頷《うなず》いた。

「私と彼らは長らくの付き合いですからね」

「……生憎だが、僕は君のことを知らないな」

荘厳な口調で言い放つリバルは、鋭い眼差《まなざ》しを向けていた。剣気だけで、舞い落ちる木の葉を切り裂けるほどの。

「あなたとは直接の面識はありませんからね。ムリもない。けれど、ずっと遠巻きには見守らせて貰《もら》いましたよ」

「……見守るだと?」

メトロンはそれには答えず、リバルから視線を外した。ゆっくりと動かすと、その視線は別の人物に向けられた。

「随分と大きくなりましたね」

その目は、リバルの娘たちを見ていた。

先ほどまでの冷めた目とは打って代わり、慈しむような眼差しをしている。まるで身内に向けるかのような。

「……スノウ、お前知らない」

「そうですよ。急に変なこと言わないでください」

「舐《な》めてんじゃねえぞ、こら」

リバルの娘たちは敵意を剝《む》き出しにする。

「とげとげしいですね」

メトロンは眼鏡のアーチ状の部分を指で押さえると、くつくつと笑う。

「とても実の父親に向ける言葉とは思えない」

「は？」

ガーネットが不意を突かれたように声を漏らした。

「おいお前、今、何つった？」

メトロンはその言葉を受けて、口元を愉《たの》しげに歪《ゆが》めた。そしてとっておきの秘密を打ち明けるかのように言った。

「私はあなたたちの実の父親だと言ったんですよ」

「「「――っ!?」」」

リバルの娘たちは皆《みんな》、衝撃に全身を硬直させた。

「……何を言っているのか理解できない」

「う、ウソはやめてください！」

「あたしらがてめえの娘のわけねえだろうが！」

メトロンはリバルの娘たちの反論を受けて、口元に滲《にじ》ませた笑みを深めた。そして泰然とした様子を保ったまま口を開いた。

「信じられませんか？　なら、証拠をお見せしましょう」

そう言うと。

ゆらりと右手をリバルの娘たちに向けて掲げた。

「何か来るぞ！」

身体を強《こわ》ばらせ、臨戦態勢に入るリバルの娘たち。

すると――。

「なんだ……!?　身体が熱い……！」

最初に声を上げたのはガーネットだった。腹部を押さえると、表情を歪ませ、その場に膝をついて蹲《うずくま》った。

スノウとドロテアもそれぞれ同じように腹部を押さえていた。

「貴様、僕の娘に何をした……!?」

「そう怖い顔をしないでください。私は彼女たちに危害は加えていません。本来あるべきものを呼び起こしただけです」

突き動かされたように、リバルは娘たちの下へと駆け寄る。

「……パパ上」

「患部を見せてくれ」

こくりと頷いたスノウは、おもむろに衣服を捲《まく》りあげる。

おへそを中心とした腹部。

そこには禍々《まがまが》しい刻印が浮かび上がっていた。

「これは……」

リバルはその刻印を視認すると、はっと目を見開いた。

そうだ。

これは奴《やつ》の額に刻まれているものと同じ――。

「この刻印は私が彼女たちに刻んだものです。生後すぐにね。それが本当だということはお分かりでしょう?」

「……確かに。最近刻まれたものではないようだね」

スノウの腹部の刻印に触れたリバルは、そう呟《つぶや》いた。

「ご理解いただけたようですね」

メトロンは満足そうに笑みを浮かべると、リバルの娘たちに向き直った。

「あなたたちは彼の実の娘ではありません。私と人間の女の間に生まれた、魔族と人間の混血児なのですよ」

俺はリバルを見やる。

「……実子じゃなかったのか」

「――ああ。君と同じさ。捨てられていたところを拾った。だから、彼女たちには端《はな》から母親はいなかった」

リバルは苦々しい表情を浮かべた。

「だけど、まさかこんな事態になるとはね」

「「「…………」」」

ムリもない。

リバルの娘たちは唐突に突きつけられた真実を前に、絶句していた。

リバルと血の繋《つな》がりがなかったことだけでも衝撃を受けただろうに。その上、魔族の血を引いていると判明したのだ。

純血の魔族は頭部の角に、背中の羽と、一目見ればはっきりと分かる。

しかし、混血児はそれらの特徴を有していないことも多い。

サキュバスと人間の親を持つリリスもそうだったように。一見すると、普通の人間と何ら変わらない者もいる。

「私は魔族の中では秀でた能力を持っていませんでした。力こそが全ての魔族において、それは致命的な欠落です。

私は考えました。どうすれば強くなれるのかと。

今からいくら修練をしたところで、上級魔族たちを越えることはできない。自分の能力の天井はすでに見えていました。

であれば、次世代に託せばいい。私ではなく、私の子たちを強く育て上げ、それを使役することで力を得ようと。

しかし、私に子を強く育てる能力はありません。トンビが子を育てたところで、育つのは所詮トンビでしかない。

それなら、私より能力のある者に、子を育てさせればいい。

魔族は基本的に個人主義です。次世代を育てるということをしない。それに格下の私の子を受け持ったりはしないでしょう。

だったら、人間に育てさせれば良い。私よりも優秀で、能力のある人間に。そうすれば強い子に成ることができる。

そこで白羽の矢が立ったのが――あなたです。リバルさん」

メトロンはリバルを見据えていた。

「あなたのことは存じていました。魔法学園始まって以来の天才魔法使いの名は、魔族の間でも有名でしたから。

そしてあなたがカイゼルという冒険者に執着し、彼が子育てで王都を去った後、人生の目標を見失っていたことも。

私はそれを聞いて、利用できると思いました。

才能ある人間の女性との間に子を作り、それをあなたに拾わせ、育てさせた。計画は実に上手《うま》くいってくれました。

あなたは自らの才能と時間を惜しみなく注ぎ込んでくれた。剣術に魔法、持てる技術の全てを娘たちに継承した。その結果、彼女たちは秀でた能力の子たちに育ちました。親の私よりも遥かに強く、優秀な」

今までのことは何もかも全て、仕組まれていた。

リバルが捨て子の娘たちを拾うことも、そして大切に育てることも。自分の持てる技術の全てを継承することも。

リバルは長年の間、敵の娘を育て上げていた。

メトロンは娘たちを慈しむように見回すと、微笑《ほほえ》みかける。

「皆さん、立派に成長しましたね。強く、そして才能に溢《あふ》れている。これも全て、リバルさんのおかげです。感謝してもしきれません」

そう言うと。

「さあ、私と共に行きましょう。本当の父親と」

彼女たちに向かって、手を差し伸べた。

そして次の瞬間。

差し伸べた右腕は、宙を舞っていた。

「…………」

メトロンは振り返ると、右後方の地面に落ちた自らの右腕を見やる。そしてゆっくりとまた正面に向き直った。

その怪訝《けげん》な視線の先には——スノウがいた。

「……お前なんか、父親じゃない」

両手に剣を構えたスノウは静かに、けれど強く言い放つ。

「スノウの父親は、パパ上だけ」

「子供の頃、ダディに知らない人には付いていくなって言われてるんです。だからあなたには付いていけません♪」

「口うるさいクソ親父《おやじ》なんざ、一人で充分だぜ」

ドロテアとガーネットも拒絶の意思を示していた。

当然と言えば当然だ。

実はメトロンの娘だったと判明しても、それまでの思い出が、心があるのだ。

おいそれと受け容《い》れるわけがない。

たとえ、血の繋がりがなくとも。

スノウも、ドロテアも、ガーネットも、リバルと過ごした時間と、育てられた思い出は嘘偽《うそいつわ》りのない真実なのだから。

「……やれやれ。これが反抗期というものですか」

メトロンは肩を竦《すく》めると、苦笑を浮かべた。

右腕を飛ばされても、その面持ちにはまだ余裕があった。

「残念だったな。お前の目論見《もくろみ》は外れたわけだ」

俺は剣を抜くと、メトロンに向けて構えた。エルザとメリルも左右に展開し、いつでも動けるように臨戦態勢に入る。

「ええ。どうやらそのようですね」

メトロンは眼鏡のアーチ状の部分を左手の指で押し上げると、笑みを浮かべる。レンズの奥の瞳が獰猛《どうもう》に光った。

「ですが、私は言うことを聞かない子は、殴ってでも従わせるたちでしてね。子供は親の意志に忠実であるべきだ」

ぱちん、と。

メトロンが指を鳴らした瞬間だった。

スノウとドロテア、ガーネットの腹部にある刻印が輝きを放った。まるで蜘蛛《くも》が巣に糸を張り巡らせるように全身に広がっていく。

メトロンがタクトのように手を振ると——。

三人は弾《はじ》かれるようにその場から動いた。

スノウは剣技を放ち、ドロテアとガーネットは魔法を放つ。そしてその一斉攻撃の照準は俺の娘たちに向けられていた。

「――っ！」

　俺とリバルは寸前のところで射線に割り込むと、攻撃を防いだ。

　スノウの剣技を受け止めた瞬間、違和感を覚えた。

　……以前よりもずっと鋭くなっている。刻印の力によって強化されているのか？

「皆《みんな》、やめるんだ！　なぜ彼女たちを攻撃する！」

「リバルさん、あなたの言葉は届きませんよ。彼女たちは私の呪印の制御下にある。自分の意志では動いていません」

「……実の娘に対する仕打ちとは思えないな」

　メトロンの呪印によって、強制的に使役させている。

　だとすれば……。

「リバル、奴を叩《たた》くぞ。本体を仕留めれば、彼女たちも解放されるはずだ」

「ああ」

「なるほど、賢明な判断です」

　メトロンは含み笑いを浮かべた。

「ですが、よろしいのですか？　私を殺せば、彼女たちの命も絶たれますよ？」

「なっ……!?」

リバルの動きが雷に打たれたかのように止まった。

「呪印によって結ばれた私と娘たちは一心同体の存在。親が息絶える時は、子もまた道連れです。それでも構わなければどうぞご自由に」

メトロンは両手を広げると、隙だらけの姿を晒《さら》した。そしてゆっくりと、リバルの下に歩み寄っていく。

その気になれば、いつでも倒せる状況。

けれど、リバルは金縛りに遭ったかのように動けないでいた。

敵の心臓を貫けば、その瞬間に娘たちの命も絶たれてしまう。それが父親であるリバルを縛り付けていた。

メトロンはリバルの間合いに入ると、その顔面を殴り飛ばした。リバルの身体《からだ》は水切り石のように地面を跳ねた。

「リバル！」

俺はメトロンに向けて、剣を構える。

「やめろ！　カイゼル！　手を出すな！」

「ははは！　子を人質に取られた親というのは、実に脆《もろ》いですね！」

メトロンは高らかに哄笑《こうしょう》を響かせる。

そして、地面に這《は》いつくばるリバルを見下ろすと、柔らかな口調と共に告げた。

「リバルさん、大切な娘を失いたくなければ、我々に加担してください」

「なに……!?」

「そうすれば、愛する娘たちは死なずに済みます。私たち魔族の仲間として、これからも共に過ごすこともできる」

メトロンは眼鏡のアーチ状の部分を指で押し上げると、微笑みを浮かべる。

「私は魔族ですが、鬼ではありません。これまでのあなたの働きに報いて、できる限りの希望は叶《かな》えてあげたい」

そして告げた。

「長年の好敵手であるカイゼルを、そして勇者の血を引くその娘たちを、共に打ち倒そうではありませんか」

それは甘言でありながら、脅しの言葉でもあった。

従わなければ、娘たちと共にはいられない。

「明日《あした》、王都に総攻撃を仕掛けます。それまで考える時間を差し上げましょう。リバルさん。私はあなたの能力を、娘たちに対する愛情を買っています。良いお返事を期待していますよ」

そう言うと——。

メトロンは転送魔法を発動させ、リバルの娘たちと共に姿を消した。彼らがいた場所には闇夜だけがあった。

俺たちはしばらく、その場に立ち尽くしていた。


王都に戻ってきた俺たちは、自宅にて作戦会議を開いた。

明日、メトロンがリバルの娘たちと共に王都に侵攻してくる。

戦力自体はそう脅威ではない。

メトロンは戦闘力に秀でた魔族ではないようだし、リバルの娘たちも呪印によって強化されていても対処できる。

問題はメトロンの施した呪印だ。

奴《やつ》の言葉を額面通りに受け取るのなら、奴を討ち取った瞬間、呪印で繋《つな》がったリバルの娘たちの命も絶たれてしまう。

それが厄介だ。迂闊《うかつ》に手を出すことができない。

なら、呪印を解除することはできないだろうか？　あれも魔法の一種だ。なのでその道の専門家に尋ねてみた。

「――残念だけど、難しいと思うわ」

そう答えたのはエトラだった。

大賢者と称されるほどの魔法使いの彼女なら、解除できるのではと思った。しかし返答は芳しくなかった。

「お前ほどの魔法使いでもか？」

「あたしほどの魔法使いでもよ」

エトラはきっぱりと答えた。

「あんたの話を聞く限り、その呪印は生まれながらに刻まれたもの。娘たちの身体とすでに深く繋がってしまってる」

そう言うと。

「呪印の解除自体はできると思うわ。だけど、迂闊に外部からそれを行えば、きっと彼女たちの身体が耐えられない」

エトラでも難しいのか。

「メリルであれば、できるのではないですか？」とエルザが尋ねる。

「んー。難しいと思うなー。それにボクちゃん、人の魔法を解除するのとかあんまり得意じゃないんだよねー」

魔法使いでも、それぞれ得意分野は分かれる。賢者と称されるメリルだが、魔法の解除はどちらかというと不得手な分野に入る。

それでも常人から見れば卓越しているのだが。

エトラとメリルの力を以《もっ》てしても難しいとなれば、解除するのは望めないだろう。このままだと全面的に対決することになる。

「何か手段はないのでしょうか……」

「うーん……」

「何を悩む必要がある？」

そう言ったのはレジーナだった。端の席に足を組んで座っていた彼女は、ぶっきらぼうな口調のまま続けた。

「敵はこちらよりも戦力で劣るのだろう？　なら何も考えずに倒せば良い。ただそれだけのことじゃないか」

「……あのね、レジーナさん。それをすると、リバルさんの娘も犠牲になるの。今までの話を聞いてなかったの？」

「もちろん聞いていた。その上で言っている」

周囲の息を呑《の》む気配が伝わってきた。

レジーナはそれには目もくれず、先を続ける。

「現状、呪印を解除する術《すべ》はないのだろう。なら戦うしかない。それとも、ただ黙って敵に討ち取られるのを望むのか？」

露悪的な物言いではあるが、その言葉は間違ってはいない。

呪印の解除が望めない以上、戦わなければならない。そして抵抗できなければ、こちらが討ち取られてしまうのだ。

アンナは感情のさざ波を抑えるように間を置くと、代わりに尋ねた。

「……もしパパやエトラさんが今と同じ状況になったとしたら、レジーナさん、あなたは剣を振るえるの？」

「こいつらはまずそんな状況に陥らない」

レジーナは即答した。

「うわ、凄《すご》い信頼」

「レジーナさんは無愛想に見えますが、仲間に対する信頼が凄いですから」とエルザが口にする。

レジーナはこほんと咳払《せきばら》いをすると、先を続けた。

「だが、もしそうなったとすれば、私は迷いなく剣を振るうことだろう。たとえ、仲間を斬ることになろうとも」

「いや絶対ウソでしょ」

「私もそう思います」

「あ？」

「パパを斬るくらいだったら、自己犠牲に走るタイプよね。レジーナさん、そういう自分に酔ってそうだし」

「それでも父上の思い出の中に一生残れるのなら、と考えそうな節はあります。重い感情を抱いている方なので」

「まあ、エトラさんを斬る可能性は全然あると思うけど」

「…………」

レジーナはこめかみをぴくぴくとさせていた。

明らかにキレている。

格好付けてした発言は全然信用されていなかった。

「……やっぱり僕は、父親になって弱くなったようだ」

それまでやり取りを傍観していたリバルは、おもむろに席を立った。そして静かに部屋から出ていこうとする。

「どこに行くつもりだ？」

そう尋ねると、リバルは振り返った。表情に浮かべた笑みを拭うと、覚悟を決めた口調で言った。

「僕は魔族の側につこうと思う」

「なっ――!?」

落とされた言葉に、場は騒然とした。

「……本気か？」

「ああ」

リバルの表情に迷いは見られない。

「僕には娘たちを討ち取ることはできない。そうなるくらいなら、魔族に加担し、君たちを討ち取る道を選ぶ」

「それがお前の選んだ道というわけか」

俺が言うと。

「――だとすれば、このまま帰すわけにはいかないな」

「今この場で消し炭にしてやるわ」

レジーナとエトラはそれぞれ剣と杖《つえ》を取り出すと、リバルの前に立ち塞がる。場に剣呑《けんのん》な雰囲気が立ちこめた。

「行かせてやってくれ」

俺はレジーナとエトラに対してそう告げた。

「カイゼル……」

「あんた、正気？」

リバルを行かせれば敵の戦力が増える。

そうなれば勝率が下がってしまう。

ここで叩《たた》いておくのが妥当だろう。

けれど。

「……カイゼル。感謝するよ」

リバルは俺に礼を告げると、鋭い口調で続けた。

「だけど、容赦はしない」

「……ああ」

扉が閉まる音を聞きながら、俺は天を仰いでいた。

「なぜ奴を見逃した？」

レジーナは咎《とが》めるようにそう尋ねてきた。

「エゴだよ」

「……エゴ？」

「俺があいつの立場でも、同じ選択をしただろうから」

娘たちを守るためなら、たとえ世界を敵に回してでも戦う。

リバルの想《おも》いが、選択が、俺には痛いほどに分かった。

だからこそ、この場で仕留めることも、止めることもできなかった。

明日、どちらが生き残るとしても。

あいつを娘の傍《そば》にいさせてやりたいと思う自分がいた。

「……同情か。くだらない感傷だ」

吐き捨てるレジーナは、どこか寂しげな面持ちをしていた。


翌日の朝。

夜の残滓《ざんし》は拭い取られ、世界が柔らかな光に包まれた頃。

王都の前方に広がる平原には、敵の軍勢が集結していた。

メトロンを先頭としてスノウ、ドロテア、ガーネットが並び、その後方に大量の魔物の群れが控えている。

メトロンの傍らに、リバルの姿もあった。

「本当に良いんだな？」

俺は娘たちに問いかける。

「敵の狙いはお前たちだ。それにリバルの娘たちとの戦いは辛《つら》いものになる。全部俺たちに任せても構わないんだぞ」

最悪の場合、リバルの娘たちを討つことになるかもしれない。俺とレジーナ、エトラの三人で全部引き受けることも考えた。

「いえ。構いません」

「私たちも戦うわ。それが責任だと思うから」

「ボクはパパといっしょにいたいから♪」

「……分かった」

彼女たちが自ら決めたのなら、言うことはない。

俺はメトロンの方に向き直った。そして尋ねる。

「これだけの数の魔物、よく監視の騎士に見つからずにここまで連れてこられたな。転送魔法を使ったのか？」

「ええ。リバルさんとガーネットさんにご助力をいただきました。私一人の魔力では為《な》せなかったでしょう」

メトロンはそう言うと、隣に立つリバルを見やった。

「彼が加わってくれたことで、こちらの戦力は大幅に上昇しました。今ならあなたたちを全滅させることも容易《たやす》い」

「………………」

リバルは沈黙を貫いていた。

今何を考えているのか、その佇《たたず》まいからは窺《うかが》い知れない。

「リバルは俺に任せてくれ」

敵の軍勢の中でもっとも強いのは、まず間違いなくリバルだろう。であれば、俺はその相手を引き受けるべきだ。

「では、私はスノウさんを」

「私はドロテアちゃんを」

「じゃあ、ボクはガーネットちゃんだね」

それぞれ対処する相手を決定する。

「レジーナ、アンナの護衛を頼めるか」

「――ああ」

「残りの雑魚は全員、あたしが始末しといてあげる」

エトラはそう言うと、はにかんだ。

「言っとくけどカイゼル、これで一つ貸しだから」

「お前の貸しは怖そうだ」

俺は思わず苦笑を浮かべる。

敵軍の将であるメトロンが、口元を好戦的に歪《ゆが》めた。

「――さあ、始めましょうか」

そして、タクトのように腕を振るった。

戦いの火蓋を切るかのように。

皆《みんな》はそれぞれ散開する。

すでに方々で戦いは始まっているようだ。

剣が交わり、魔法が炸裂《さくれつ》する音が聞こえてくる。

そんな戦場のさなか、俺はその場に留《とど》まり、リバルと対峙《たいじ》していた。張り詰めた空気を介して互いに言葉を交わし合う。

「カイゼル。昨日はすまなかった」

「気にするな。俺がお前でも、ああしていたはずだ」

「……そうだろうね」

リバルは風に溶けるように小さく呟《つぶや》いた。

俺はリバルを見据えたまま、尋ねた。

「メトロンからの信用を得るのは、骨が折れたんじゃないか」

「僕が機を見て、奴《やつ》を裏切るかもしれないと危惧されかねないと？　そのことについては何の問題もなかったよ」

そう言うと――。

リバルは自らの腹部を晒《さら》した。固く引き締まったその腹部には、娘たちに施されたものと同じ刻印があった。

「僕の生殺与奪の権を差し出すことで、メトロンからの信用を得た。彼が息絶えれば、僕の命もまた潰《つい》える」

信用を得るために、わざと奴の手に乗ったというわけか。

尋常な覚悟じゃない。

リバルはふっと口元を緩めた。

「昔の僕なら、こんなことにはならなかった。一人だった頃の僕なら、人質を取られようと迷わず敵を討てたはずだ」

「……かもしれないな」

「いつの間にか、弱点ばかりになっていた」

リバルは自嘲するように笑った。

弱点。

確かにそうなのだろう。

けれど。

それは裏を返せば自分の核になるほど、大切なものだということだ。

「……思えば、これまで君とは何度も剣を交えてきた。けれど、命を懸けるような死合いをしたことはなかったね」

「ああ」

「けれど今日、僕は初めて君を本気で殺しに行く」

リバルは剣を抜くと、半身になり、耳の後ろで上段に構えた。腰を落とし、剣先が照準を合わせるように俺を見据える。

「奴の呪印の力によって、今の僕は大幅に強化されている。不本意な手段ではあるが、君を倒すことは可能だ」

その目に敵意が宿った。

それは奪う人間の顔つきじゃない。

守る人間の顔つきだった。

「娘たちを守るためなら、僕は世界を敵に回してでも戦う。最大の好敵手と、その娘たちでさえも斬り捨てる」

「俺もお前と同じだ。娘たちを守るために戦う。そのためなら——この手を血で汚すこともいとわない」

剣を抜くと、俺もまた構えた。

対峙する俺たち、その手に握られているのは木剣じゃない。真剣だ。相手を傷つけ、息の根を止めるための道具。

そして——。

誰かを守るための道具。

「——決着をつけようカイゼル！　長きに渡って続いた僕たちの関係に！　最後に勝つのはこの僕だ！」

俺たちは同時に踏み込むと、剣を振るった。

相手の大切なものを壊すために。

自分の大切なものを守るために。


エルザの眼前を、白い鞠《まり》が跳ね回っていた。

二本の剣を携えたスノウは、縦横無尽に斬り掛かってくる。風魔法を駆使し、陸と空の空間を完全に支配していた。

空から急降下してきたスノウは、地面に着地する寸前、空中を蹴って方向転換、エルザの間合いに飛び込んでくる。

「くっ……！」

エルザはスノウの刺突を躱《かわ》そうとする。

しかし、想定していた速度よりも一瞬、スノウの動きは速かった。

直撃は避けられたものの、剣先が腹部をかすめた。

「以前よりも速くなっている……！」

呪印によって、強化されているのだろう。

スノウの身体能力は数段階、底上げされているように思えた。自分と同等、下手をするとそれ以上の力を有している。

「スノウさん！　目を覚ましてください！」

彼女は答えない。

目は虚《うつ》ろなまま、意志のない操り人形のように沈黙を貫いていた。

再びスノウは攻めてくる。疾風怒濤《しっぷうどとう》の勢いで剣を繰り出してくる彼女に、エルザは完全に押されてしまっていた。

「このままでは……！」

防戦一方では勝機は見いだせない。

エルザは覚悟を決め、反撃に転じる。

間合いに飛び込んできたスノウが、身体《からだ》を捻《ひね》りながら二本の剣を躍らせる。自由自在で捉えどころのない太刀筋。

けれど、エルザは見逃さなかった。ほんの一瞬の打点を。

——見えた！

「はあああっ!!」

キィン！

互いの剣が打ち合う音が響き渡った。

「——!?」

剣を弾《はじ》かれたスノウは、空中で仰《の》け反るような体勢になっていた。

隙だらけだ。

エルザの眼《め》には、はっきりと勝ち筋が見えていた。

黄金の糸が、スノウの身体に至るまでに伸びていた。後はそこを剣で辿《たど》れば、この勝負は決着するだろう。

――私の勝ちです！

エルザは斬り掛かろうとして、けれど、できなかった。

「……っ!?」

意志とは裏腹に、身体は電流に打たれたように動かない。

魔物を斬ったことは数え切れないほどあった。命を絶つことも。

けれど、人間はない。

まして自分と親しい者を斬ったことなど。

スノウは騎士団の後輩だ。

自分のことを慕ってくれていた。

エルザもまた、彼女のことを妹のように可愛《かわい》がっていた。

覚悟は決めていた。決めていたはずだった。しかし、いざその場面に辿り着くと、身体が言うことを聞いてくれない。

斬ることができなければ、斬られるだけだ。

スノウとの力の差はほとんどない。

最後に立っているのは、斬る覚悟を決めた者だ。

頭ではそう理解している。

理解しているはずなのに。

——斬れない……私には……!

動きを止めたエルザを見て、スノウはすかさず後退した。

呪印によって支配されたスノウに、躊躇《ためら》いの感情は存在しない。人を斬ることへの覚悟はすでに装填されている。

エルザはその時、黄金の糸が見えた。

勝ち筋の光。

それはスノウから自分の首に向かって繫《つな》がっていた。


平原から外れたところにある荒れ地。

凹凸の激しい地形。

小高い丘の上に、アンナの姿があった。彼女が鋭く見据える先——向かいの崖の上ではドロテアが微笑《ほほえ》んでいた。

『アンナさん、あなたは非戦闘員じゃないですか。こんなところに出てきて、何かできると思ってるんですか?』

一見するとドロテアが話しているように見える。

しかし、普段の彼女を見てきたアンナには分かった。あれは彼女が自分の意志で言葉を紡いでいるわけではないのだと。

メトロンに操られ、露悪的な振る舞いをさせられている。

「ドロテアちゃん、それはあなたも同じでしょう？」

『私は優秀な指揮官ですから♪』

ドロテアはそう言うと、猫撫《ねこな》で声《ごえ》で指示を下した。

『皆さん！　やっちゃってください！』

すると――。

彼女の立っている崖の眼下、そこに展開していた魔物の群れが侵攻を始めた。アンナを討つために近づいてくる。

「レジーナさん！」

アンナが崖の上からそう呼び掛けると、眼下にいた人影が動いた。

「――任せておけ」

背負っていた大剣を抜くと、レジーナは迫ってくる魔物の群れに向かっていく。

四方を囲まれ、数でも圧倒的に勝る魔物たちを相手にしても、まるで怯《ひる》まない。赤髪を振り乱しながら、次から次へと叩《たた》き斬る。

返り血を全身に浴びながら暴れるその姿は、さながら赤鬼のようだ。

『ふうん……？　さすがはAランク冒険者ですね』

ドロテアは称賛しながらも、まだ表情に余裕をたたえていた。

『でも、たった一人でこれだけの数の魔物を相手にするのは至難の業です。まして指揮官を守ろうとするのなら』

その時、魔物の群れが動いた。

背に羽を生やしたコウモリ型の魔物――ガーゴイルたちは空を飛ぶと、レジーナの頭上を越えていこうとする。

その照準はアンナに向けられていた。

『剣士に空は飛べませんよね♪』

ドロテアが勝ち誇ったように微笑んだ。

すると――。

空中にひづめのような斬撃が閃《ひらめ》いた。

ガーゴイルたちの体軀《たいく》が次々に切り裂かれると、断末魔を上げ、はたかれた蚊のように力なく落下していった。

「私は空を飛べないが、斬撃は空を飛べる」

レジーナは大剣を構えながらそう告げた。

「これくらいのことは、造作もない」

『……っ！』

ドロテアは空からの奇襲を防がれ、表情に焦りを滲《にじ》ませる。

対面の崖の上に立つアンナは、不敵な笑みを浮かべた。

「確かに私の手札は一枚だけよ。だけど、雑魚カードばかりのあなたとは違う。こっちの手札は最強だから」

そして高らかに言い放った。

「私の頭脳とレジーナさんの武力があれば、鬼に金棒。どれだけの敵が来ようと、負けることなんてありえない」

「鬼に金棒か」レジーナは呟《つぶや》いた。「なら、お前は鬼の方だな」

「大切に使ってあげるわ」

アンナはそう言うと。

「レジーナさん！　右から魔物！」

迫っていた魔物を察知し、崖の上から指示を出す。

レジーナはすぐさま反応すると、振り向き様に魔物をなぎ払った。背丈ほどもある大剣の破壊力は絶大だった。

その後もアンナは魔物の群れの動きを俯瞰《ふかん》しながら、的確な指示を送り続けた。それはあたかも盤上を支配する棋士のように。

アンナは盤上に集中するあまり、自分の周囲への注意が疎《おろそ》かになっていた。ガーゴイルの群れが彼女に近づいていた。

「性懲りもない！」

レジーナは再び斬撃を飛ばすと、ガーゴイルを撃ち落とした。

地上に落ちていくガーゴイルの群れ——。

そのうちの一体の足に摑《つか》まっていた人影がいた。

アンナはその時、気づいた。

向かいの崖の上からドロテアの姿が消えていることに。

周囲を他のガーゴイルたちに覆い隠させることで、足に摑まってこちらに移動しようとしていたことに気づかせなかった。

「なんだと……!?」

アンナもレジーナも完全に不意を突かれていた。

ガーゴイルの足から飛び降りたドロテアは、彼女が元いた場所の対面——アンナの立つ崖の上へと着地した。

『ガーネットには敵《かな》いませんけど、私も人並み以上に魔法は使えるんです♪　アンナさんを倒すくらいは訳ありません』

　ドロテアはアンナと対峙すると、手のひらをかざした。

　すると次の瞬間、そこから火の玉が飛び出した。

「――っ！」

　アンナは寸前のところで避《よ》けることに成功する。

　しかし彼女の戦闘能力はおよそ皆無だ。

　ドロテアの放つ魔法を前に、逃げ回ることしかできない。防戦一方のまま、まるで勝ち目は見いだせない。

「ちっ……ここからでは届かないか」

　レジーナは舌打ちをする。

　遮蔽物のない空ならともかく、二人が戦っている崖の上に斬撃は届かない。

　レジーナは急いでアンナの下に駆けつけようとした。しかし、大量の魔物の群れが四方を壁のように塞いでしまった。

　全員倒したとしても、その後では間に合わない。

『ふふ。チェックメイトですね♪』

　ドロテアはアンナを追い詰めると、微笑みを浮かべた。

　もう逃げ場はない。

『さようなら――アンナさん』

勝ちを確信したドロテアが、手のひらから火の玉を放った。

アンナの全身が焼き尽くされる寸前――。

しかしそれは、別の魔法によって掻《か》き消された。

『なっ――!?』

ドロテアが振り返った視線の先。

そこに立っていたのはエトラだった。

「こんなへぼい魔法でどや顔しないでくれる?」

――よかった。間に合ったみたいね。

アンナは安堵《あんど》し、ほっと息をついた。

「三流魔法使いの魔法に、あたしみたいな超一流の魔法使いの魔法を当てるのは、さすがに大人げなかったかしら?」

「エトラ……お前、他の魔物はどうした?」

遅れて追いついてきたレジーナは、エトラを見ると尋ねた。

エトラは小さく鼻を鳴らした。

「そんなの、もう片付けたに決まってるでしょ。雑魚ばっかりなんだし。むしろあんたが時間かかりすぎなのよ」

「魔法は大勢を相手取るには便利だな」

「あんたの剣技が大したことないだけでしょ」

「あ？」

「は？」

睨《にら》み合い、火花を散らし合う二人。

「こら、内輪で喧嘩《けんか》しない」

アンナに諫《いさ》められ、レジーナは舌打ちと共に矛を収めると。

「だがエトラ──お前は自分の仕事を終えたからと言って、他の者の助太刀に来るようなたちではないだろう」

「早く終わらせて加勢に来たら、借金をチャラにするって言われたから。あんた、ちゃんと約束は守りなさいよ？」

「ええ、もちろん」

アンナはふっと微笑むと。

苦悶《くもん》の表情を滲ませているドロテアを見やった。

「さあ、続けましょうか。ドロテアちゃん。冒険者ギルドの上司として、みっちりと指導してあげるわ」

王都の正門前に広がる平原。

その西側では、メリルとガーネットが相対していた。

ガーネットの表情は憔悴《しょうすい》していた。

呼吸が乱れ、肩で息をしているような状態。

すでにかなりの疲労を抱えているようだった。

その一方。

メリルは汗一つかかずに涼しげな表情をしていた。

「あれ？　もうおしまい？」

それまでにガーネットは怒濤《どとう》の猛攻を繰り広げていたが、メリルはその全てを悉く《ことごと》回避していた。

『くそっ！　喰《く》らいやがれ！』

ガーネットは木刀を構えると、一気呵成《いっきかせい》に駆けてくる。

「えー。肉弾戦？　つまんないのー」

メリルは露骨に不満そうにする。

迫ってきたガーネットは、木刀を振りかぶる。

「それにその距離からじゃ届かないでしょ」

間合いの外。

上段に構えていた木刀を、勢いよく振るった。

その瞬間——。

木刀の切っ先から魔力が放出された。

縄のように伸びたそれは、本来の射程範囲を越え、メリルの左腕を搦《から》め捕った。

「お？」

『これがあたしの切り札——ライトニングウィップだ。木刀でありながら、鞭並《むちな》みの射程範囲を誇る代物よ』

ガーネットがにやりとほくそ笑む。

『そしてこいつは捕らえた獲物に、超高圧電流を流すことができる』

「!?」

メリルの左腕を搦め捕った雷の鞭を通じて、ガーネットの放った雷魔法が、全身を一気呵成に撃ち抜いた。

メリルはその場に膝をついた。

『ひゃはは！　この超高圧電流を喰らって、立っていられた奴《やつ》は一人もいねえ。てめえもこれでおしまいだ！——あ？』

高笑いをするガーネットの視界に飛び込んできたのは、何事もなかったようにむくりと起き上がるメリルの姿。

「いやー。最近、研究続きで肩が凝ってたから。今のすっごい効いたー」

　メリルはけろりとしていた。

「ていうか、その雷の鞭いいね！　大道芸の演目に使えそう！　次に大道芸する時、ボクとコラボしようよ♪」

『う、ウソだろおい』

　切り札を喰らってもなお、全く効いていない。

　魔法耐性が高すぎる。

　これが賢者と称されるほどの魔法使い――。

「ガーネットちゃん、色んな魔法を使えるんだね。やるぅー！　ねえ、もっとボクちゃんに自慢の魔法を見せて？」

『くっ……！　舐《な》めてんじゃねえ！』

　ガーネットは木刀に雷魔法を付与させ、鞭化させると、再びメリルの身体《からだ》を捕らえようと勢いよく振るった。

「それはもう見たってば。ネタ切れ？」

　メリルはがっかりしたように言うと。

「じゃあ、今度はボクの番だね」

　迫ってきた雷の鞭をあっさり掻き消すと、ぱちんと指を鳴らした。

　ガーネットの足下の地面がひび割れる。

這《は》い出してきたのは巨大な根。

それは生い茂る雑草の根を肥大化させたものだった。

詠唱破棄での上級土魔法。

這い出してきた根は、ガーネットの四肢を深く搦め捕った。

『う、動けねえ……！』

抜けだそうとするが、強い魔力に守られてびくともしない。

完全に捕らわれの身になってしまう。

メリルは後ろ手を組みながら、ゆっくりとガーネットの下に歩み寄る。

『くっ……ここまでか』

ガーネットが覚悟を決めたその時だった。

ぺろり、と。

間合いに入ったメリルは、彼女の着ていた服を捲《まく》り上げた。

『──は？』

「呪印を解除できれば、ガーネットちゃんを倒さなくて済むし。ちゃんと時間を掛ければ何か見つかるかもしれないもんね」

メリルは両手をわきわきと動かした。

「ということで、身体の隅々までたっぷり検分させて貰《もら》うね♪」

『ひいいいいいいいいいい！』

平原にはガーネットの悲鳴が響き渡るのだった。


リバルとカイゼルの戦いの火蓋が切られてからしばらく。今もなお、全くの互角の死合いが繰り広げられていた。

リバルは感嘆の念を禁じ得なかった。

繰り出す剣戟《けんげき》に、カイゼルは食らい付いてくる。

繰り出す魔法に、カイゼルは食らい付いてくる。

自分の持てる最高の手札を繰り出すたび、カイゼルはそれに対抗してくる。全く引けを取らない力を見せてくる。

この戦いには互いの命運が懸かっている。

敗北を喫すれば、自分だけじゃなく、娘たちの未来も絶たれかねない。

本来なら切迫すべき場面。

けれど。

リバルは笑っていた。込み上げてくる高揚感を止められなかった。目の前の戦いが愉《たの》しくて堪《たま》らなかった。

リバルは施された呪印によって、メトロンと繫《つな》がっている。

上級魔族であるメトロンの魔力が送り込まれてくる今の自分は、平時の時よりも数段能力が底上げされている自負があった。

これならばカイゼルにも打ち勝てるはずだと。

しかし、カイゼルはそれでも食らい付いてきた。強化されたリバルに対しても、全くの互角の戦いを繰り広げてきた。

——やっぱり君は素晴らしいよ、カイゼル！

自分が人生で唯一、認めた好敵手。

その強さが今もなお健在だと確かめるたび、リバルは喜びを覚えた。

「——さすがだな、リバル」

そしてカイゼルもまた、リバルと同じように笑っていた。

あらゆる事情を抱えてなお、目の前の戦いを愉しんでいるように見えた。

——僕も君も、お互いに年を取った。抱えるものも多くなった。昔みたいに自分を人生の中心に置いて考えることも減った。

けれど、今この瞬間だけは。

君と剣を交えているこの時間だけは。

あの日の僕たちに戻ることができる。

ただ強さだけを求めていたかつての自分に。

「随分と悠長に戦っているのですね。あなたがカイゼルを倒せなければ、娘たちの命も絶たれることをお忘れなきよう」

至高の時間に水を差すように紡がれた声。それは二人の戦いを空から観戦していたメトロンのものだった。

「しかしリバルさん、あなたは実に可哀想《かわいそう》なお方だ」

メトロンは憐憫《れんびん》の情を滲《にじ》ませるように言う。

「血の繋がらない私の娘たちを膨大な時間をかけて育てさせられた上、その娘たちを守るために魔族に加担し、自らの命を投げ出して戦っているのですから」

そしてそれは嘲笑へと変わった。

「あなたのこの十数年間は、敵である私の娘たちを強くするためだけに費やされた。そう考えると実に空虚な人生じゃありませんか」

——確かにそうかもしれない。

リバルは戦いながら、内心でそう呟《つぶや》いた。

——娘たちを育てるために、僕は自分の人生の大半を費やしてきた。血の繋がらない敵の子供を強くするために。

毎日忙しくて、自分の時間もろくに持てなかった。

彼女たちを育てるために、失ったものも多くあるだろう。

そこだけを見れば、空虚で哀れな人生かもしれない。

だけど。

「——僕は自分の人生を、全く後悔していない」

娘たちと過ごしたこの十数年間は、かけがえのない日々だった。

それはとても楽しくて、充実していた。

幸せだった。

あんなに小さかった子供たちが、日に日に成長して、少しずつできることが増えていくのを見るのは嬉《うれ》しかった。

彼女たちの喜びが、自分の喜びのように感じられた。彼女たちが困っていたら、どんなことでもしてあげたいと思った。

——自分のためだけに生きていた僕が、初めて自分以外のために、何かをしてあげたいと思うようになっていた。

最初はカイゼルの娘たちに対抗させるために育てていた。

けれどいつしか、彼女たちがただ生きてくれればそれでいいと思うようになった。他に何も望んだりはしないと。

だから。

「たとえ今、彼女たちを拾った瞬間に戻ることができたとしても、僕はまた何度でも同じ選択をすることだろう」

——カイゼル、君も分かるだろう？

僕と同じ、血の繋がらない娘たちを育ててきた、君になら。

「メトロン、僕は君に感謝しているんだ。娘たちと共に過ごした、かけがえのない時間を与えてくれたことに」

リバルはふっと微笑《ほほえ》むと、メトロンを見上げて言った。

「むしろ、君の方が可哀想だよ。娘たちが日に日に成長していく、その姿を傍《そば》で見ることができなかったんだから」

「……そんな無駄な時間、私には必要ありませんね」

メトロンは忌々しげにそう吐き捨てると。

「それより、早く決着をつけてください。あなたがこうしている間も、愛する娘たちの身に危機が及んでいるのですよ」

「——ああ、そうだね」

リバルはその言葉に答えた。

「いい加減、遅延行為はおしまいにしよう」

「……遅延行為？」

メトロンは怪訝《けげん》そうに表情を歪《ゆが》めた。

「……わざと決着をつけるのを遅らせていたと？　いったい何のために」

「君の呪印の仕組みを解析するためさ」

リバルはメトロンを見据えながら言った。

「僕たちに施された呪印は、君の体内にある魔力回路から送られてくる魔力によって効力を発揮している。そして、呪印による繋がりは一方的なものじゃない。僕からも君に魔力を送り込めることが分かった」

ならば、と続けた。

「僕の魔力を少しずつ君に送り込み、君の体内にある、呪印を発動させるための魔力回路をハックすればいい。そうすれば、魔力回路がショートを起こし、娘たちを支配する呪印は効力を失うはずだ」

リバルはそう言うと、メトロンに告げた。

「そして今、ようやくその準備が整った」

「……っ!?」

メトロンはそこではっとした。

「呪印を制御する魔力回路が、千々に乱されている……!?　バカな！　今の今まで私に気づかせることもなく……!?」

「一応、魔法学園始まって以来の天才と称されていたからね。それくらいのことは、造作もないさ」

リバルはふっと笑みを浮かべると、真剣な顔つきになる。

「君が彼女たちの父親を気取っていられるのは、その呪印があるからだ。いびつな親子の縁は切らせて貰《もら》うよ」

「ぐあああああああ!?」

リバルが呪印を通じて自らの魔力を送り込んだ瞬間――。

メトロンの身体《からだ》が内側から光り輝き始めた。空中から地上に落ちると、その場に膝をついてもがき苦しむ。

呪印を制御していた魔力回路をショートさせられたのだろう。自分の体内の魔力が暴走状態に陥っているようだった。

「……あなたはカイゼルと戦闘を繰り広げていたはずだ。その最中にもかかわらず、こんなに繊細な魔力の操作を……!」

「カイゼルは僕の意図を汲《く》み取ってくれたからね。お互いに示し合わせて、白熱の戦いを演じているように見せかけた」

そう――。

俺はリバルとの戦闘中、違和感を覚えた。

間違いなく全力は出している。

しかし決定打を与えに来る気配がまるでなかった。決着を先延ばしにしようとしている意図が見えた。

リバルのことだ。意味のないことはしない。何か策があるのだろうと思った。

だから俺はそれに乗ることにした。

だがまさか呪印を内側から解こうとしていたとは。

娘たちの呪印を外から解除しようとすれば、彼女たちの身体が耐えられない。

だから、呪印を制御するメトロン本体に干渉することで、娘たちの身体を傷つけずに解放することに成功した。

超一流の魔法使いだからこそなせる芸当。しかし、それ自体はエトラやメリルでも同じことはできただろう。

ただ、一度メトロンの支配下に落ち、娘のために命を張る覚悟。それは彼女たちの父親であるリバルにしか持ちえない。

リバルの目論見《もくろみ》は上手《うま》くいった。娘たちは呪印の支配から解かれたはずだ。だったら後はメトロン本体を叩《たた》けば全てが終わる。

しかし、俺はそう上手くは事が運ばないことに気づいた。

「リバル……お前、まだ呪印が」

戦闘の最中に破れたリバルの服の一部。そこから覗《のぞ》く腹部には、なおも呪印が刻まれていた。

「魔力回路を操作するためには、常時の接続が必要になるからね。どうしても僕の呪印を解くことはできなかった」

リバルはそう言うと、薄く苦笑いを浮かべた。

「今ので魔力をほとんど使い果たしてしまった。……カイゼル、すまないがこれ以上呪印の支配に抵抗できそうにない」

「――娘たちの呪印は解除されてしまいましたが、まだ私には切り札がある。勝利への道は閉ざされてはいない！」

メトロンは両手を広げると、自らの魔力を解放した。メトロンを中心にして、禍々《まがまが》しい光が半円状に平原に広がっていく。

リバルの身体はその中に呑《の》み込まれていった。

「リバル！」

膨張していた禍々しい光は、やがて収縮していった。

視界が晴れた時、そこには巨大な魔人と化したメトロンの姿があった。リバルを体内に取り込んだのだろう。巨軀《きょく》ははち切れんばかりの魔力に満ちていた。

『本来なら娘たちも取り込むつもりでしたが……仕方ない。リバルさん一人を吸収するのでも充分です』

魔人化したメトロンは、不敵に俺を見下ろした。

『——ちなみに私とリバルさんは一心同体、私を討てば、彼の命も絶たれる。あなたに私を倒せますか？』

「……人質を取るのが好きな奴《やつ》だ」

皮肉を口にしながら、どうすべきかを考える。

魔人化したメトロンはかなりの力を有している。

あいつと戦いながら、取り込まれて同化したリバルを引っ張り出す。それはかなり困難な作業になるだろう。

リバルとの戦いで消耗した今の俺の状態でもできるか？　一歩間違えれば、息絶えるのは俺になってしまう。

その時だった。

『カイゼル、構わない。僕ごと討ち取ってくれ』

「リバル……!?」

頭の中にリバルの声が響いてきた。

メトロンの体内から通信魔法を飛ばしているのか。

『それで何もかもが丸く収まる。君に討たれるのなら、本望だ』

「だが……」

『僕の肉体はメトロンと完全に一体化している。精神はまだ辛うじて残っているが、それも直に呑み込まれるだろう』

リバルはそう言うと、真剣な口調で懇願してきた。

『これは君にしか頼めない。僕の生涯の好敵手である、君にしか』

「…………」

だが、しかし――。

俺が逡巡《しゅんじゅん》していた最中だった。

「パパ上！」

「ダディ！」

「親父《おやじ》！」

背後から声が近づいてきた。

振り返ると、リバルの娘たちが駆けつけてきていた。そこには俺の娘たち、そしてレジーナとエトラの姿もあった。

よかった。リバルの娘たちは、無事に呪印から解放されたようだ。

「父上、いったい何が……!?」

「あのデカブツの中からリバルの魔力を感じるわ。取り込まれたんでしょうね。あいつを倒せばリバルも恐らくは……」

エトラの言葉に、ドロテアが反応した。

「そんな！　どうにかならないんですか!?」

「おいクソ親父……！　勝手にくたばるなんざ許さねえぞ！」

「パパ上……！」

切迫した表情を浮かべるリバルの娘たち。

それを見た俺の胸中からは、迷いが消えていた。決意を固めると、魔人に取り込まれたリバルに向かって告げる。

「リバル、悪いが頼みは聞けない」

『……どうしてだい？』

「お前を討ち取れば、お前の娘たちが悲しむ。お前が娘たちを大切に想《おも》うように、娘たちもまた父親を大切に想ってる」

娘たちにはリバルが――父親が必要だ。

それに、と続けた。

「お前は俺にとっても好敵手だ。好敵手であり、大事な友達だ。いなくなったら、張り合いがないだろう」

長年の好敵手に対して向ける感情は、長年を経ていつしか親愛に変わっていた。

お前は俺の長年の友達で、唯一のパパ友だ。

失うわけにはいかない。

決意を表明するように、俺は魔人の中にいるリバルに告げた。

「リバル——俺はお前を救ってみせる。誰も失うことなく、戦いを終わらせる。そして皆《みんな》で王都に帰ろう」


魔人と化したメトロンに取り込まれたリバルは、混濁した精神世界の檻《おり》の中にいた。

メトロンの視界を通して、リバルは外の光景を見ていた。カイゼルや娘たちが、こちらを真《ま》っ直《す》ぐに見据えている。

「俺はメトロンからリバルを分離させる。皆は援護を頼む」

「……りょーかい」

「任せてください！」

「うっしゃ！　ぶちかましてやらあ！」

カイゼルの声に、リバルの娘たちが威勢よく応じる。

「私たちも助太刀します」

「指揮は私がするわ」

「ボクちゃんも良いところ見せちゃうよ」

カイゼルの娘たちも加勢するように声を上げる。

『みすみす間合いに入れたりはしませんよ』

メトロンは足下の地面を鷲掴《わしづか》みにすると、つぶてのように投げつけた。

豪速で投じられた石のつぶては、一つ一つが致命傷を負わせるほどの威力。それらが雨あられのように降り注いだ。

「スノウさん！」

「おっけー」

スノウは二本の剣を構えると、その場で回転を始めた。竜巻と化した彼女は、鞠《まり》のように跳ね回って石のつぶてを弾《はじ》いた。

――スノウ、最初は剣を持つことすらおぼつかなかった君が、今となっては僕と並び立てるほどの剣士になった。

『しぶといですね。では、これはどうでしょう』

メトロンは胸の前で両手を合わせると、転送魔法陣を出現させる。そこから魔物の群れがわらわらと飛び出してきた。

「アンナさん！　指示を！」

「ドロテアちゃん、任せておいて！」

ドロテアはアンナの指示の下、魔物たちを適切に対処していく。二人の息は驚くほどに合っていた。

――ドロテア、小さい頃から僕と結婚すると言って憚《はばか》らなかった君は、今や他の男たちが放っておかない素敵な子になった。

『かくなる上は――魔力解放！』

メトロンは体内に充満した魔力を、一気呵成《いっきかせい》に解き放つ。それは巨大な衝撃波となり、カイゼルたちを呑み込もうとする。

「姐《ねえ》さん！　援護頼みます！」

「おっけー♪」

ガーネットとメリルは魔法を発動すると、迫ってくる衝撃波を食い止める。

――ガーネットも魔法の制御が見違えるほど上手くなった。跳ねっ返りだけど、君は他の誰よりも負けず嫌いな子だから。

メトロンに呑み込まれ、次第に自我が失われていく――ある種の死を前にして、けれどリバルは幸せな心地に包まれていた。

最初に出会った時は皆、珠《たま》のように小さくて、か弱い存在だった。けれど、いつの間にかこんなにも立派に成長していた。

「カイゼル！　あいつとリバルを分離させる魔法を剣に付与したわ！　こいつをあのデカブツの心臓にぶっ刺してやりなさい！」

エトラがカイゼルに檄《げき》を飛ばす。

「リバルはまだ呪印で支配されてそう時間が経《た》ってないから、引きずり出しさえすれば解除もできるはずよ」

「――ああ、分かった」

『近づかせはしません！』

メトロンは力の全てを振り絞り、カイゼルを迎え撃とうとする。

だが。

カイゼルは繰り出される全ての攻撃をものともしない。卓越した剣技、卓越した魔法を以《もっ》て掻《か》き消してしまう。

――カイゼル、やっぱり君は凄《すご》いよ。

その戦いぶりを見て、リバルは感嘆の息を漏らした。

さっき剣を交わして、はっきりと分かった。

カイゼルには敵《かな》わないと。

自分よりも、カイゼルの方が強いのだということを。

本当ならそれは、認めがたい事実なはずだ。

ずっと自分はそのために生きてきたのだから。

――だけど、なぜかな……。昔はあんなに悔しくて、執着していたのに、今は不思議とそういう気持ちにならないんだ。

『バカな……！　私の攻撃が全く効かない……！』

全ての手札を打ち破られ、狼狽《ろうばい》するメトロンに、カイゼルは静かに告げる。

「終わりにしよう、メトロン」

『く、くそおおおおおおお！』

「はあああああっ！」

カイゼルは間合いに入ると、剣を突き刺すため、勢いよく跳躍する。

メトロンははたき落とそうと、渾身《こんしん》の力を込めて右腕を振るう。

カイゼルはそれを魔法で吹き飛ばすと、無防備になったメトロンの巨軀《きょく》——その心臓部に剣を深々と突き刺した。

その瞬間、エトラの付与した魔法が発動する。

リバルが捕らわれていたメトロンの精神世界。その空間は大きく歪《ゆが》み、外の世界と繋《つな》がる裂け目が切り開かれた。

そこから姿を現したのは、カイゼルだった。

十数年もの間、背中を追いかけ続けた男。

好敵手であり、そして、一番の友人でもある男。

彼はリバルの目の前に辿《たど》り着くと、手を差し伸べてきた。

「戻ってこい、リバル」

カイゼルは微笑《ほほえ》みを浮かべると、挑むように言った。

「まだ俺たちの決着はついてないだろう？」

――ありがとう、カイゼル。

リバルはふっと微笑むと、その手を取った。

オーバーラップ文庫
COMIC GARDO
コミックガルド
にて
コミカライズ!
俺にトラウマを
与えた女子達が
チラチラ見てくるけど、
残念ですが手遅れです
The girls who traumatized me keep glancing at me,
but alas, it's too late.
このラブコメ、みんな手遅れ。
昔から女運が悪すぎて感情がぶっ壊れてしまった少年・雪兎。そんな雪兎が高校に入学したら、過去に彼を傷つけてトラウマを与えてきた幼馴染や元部活仲間の少女が同じクラスにいた上に、彼のことをチラチラ見ているようで……?
著 御堂ユラギ　イラスト 緜
シリーズ好評発売中!!

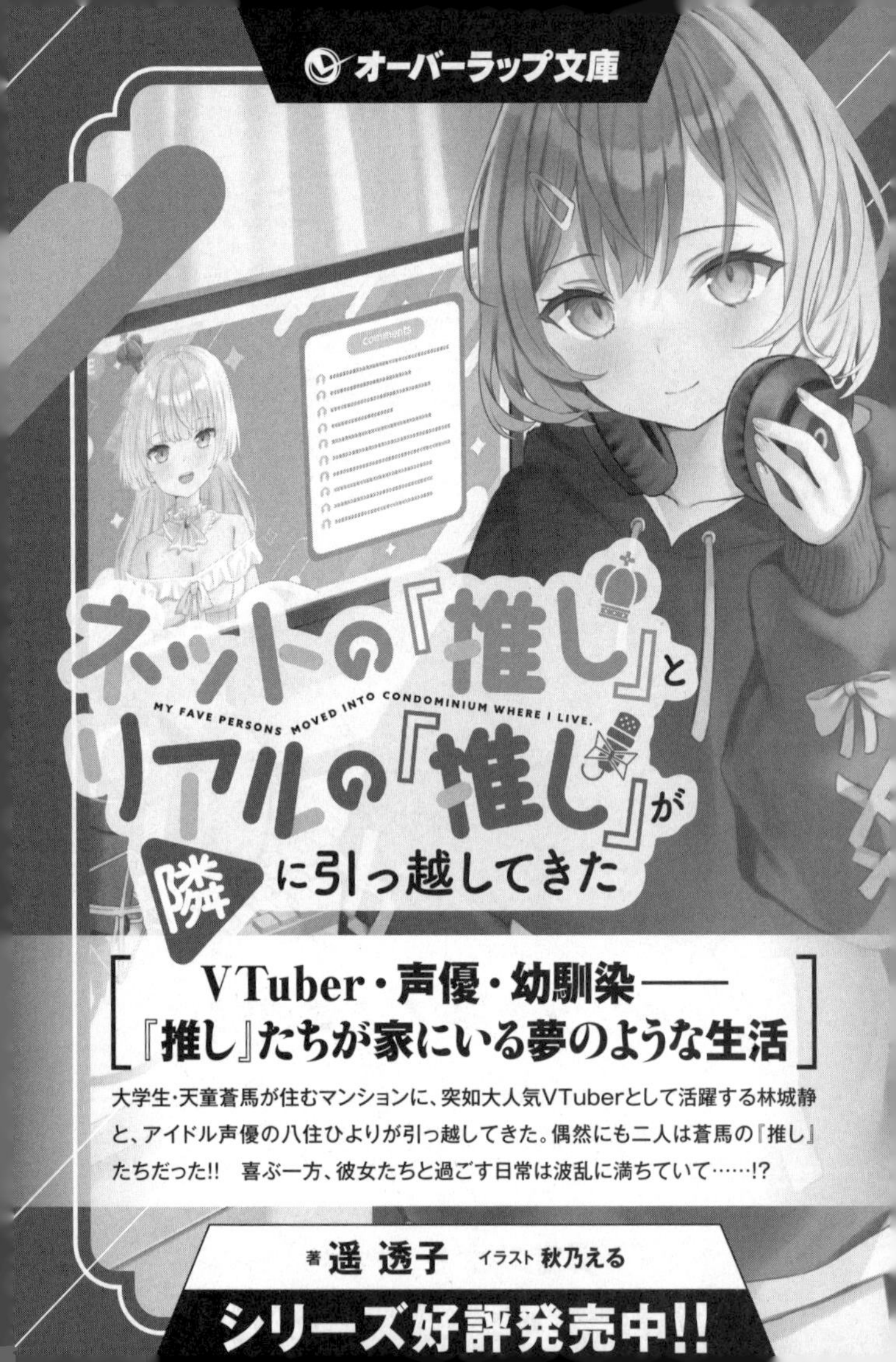
オーバーラップ文庫
ネットの『推し』とリアルの『推し』が隣に引っ越してきた
MY FAVE PERSONS MOVED INTO CONDOMINIUM WHERE I LIVE.
VTuber・声優・幼馴染――
『推し』たちが家にいる夢のような生活
大学生・天童蒼馬が住むマンションに、突如大人気VTuberとして活躍する林城静と、アイドル声優の八住ひよりが引っ越してきた。偶然にも二人は蒼馬の『推し』たちだった!!　喜ぶ一方、彼女たちと過ごす日常は波乱に満ちていて……!?
著 遥 透子　イラスト 秋乃える
シリーズ好評発売中!!

OVERLAP

Sランク冒険者である俺の娘たちは重度のファザコンでした 5

発　　行 2023年5月25日　初版第一刷発行

著　　者 友橋かめつ
発 行 者 永田勝治
発 行 所 株式会社オーバーラップ
〒141-0031　東京都品川区西五反田 8-1-5
校正・DTP 株式会社鷗来堂
印刷・製本 大日本印刷株式会社

Printed in Japan　ISBN 978-4-8240-0442-0 C0193

オーバーラップ　カスタマーサポート
電話：03-6219-0850 ／受付時間 10:00～18:00（土日祝日をのぞく）

作品のご感想、
ファンレターをお待ちしています

あて先

〒141-0031
東京都品川区西五反田 8-1-5 五反田光和ビル4階
オーバーラップ文庫編集部
「友橋かめつ」先生係 ／「希望つばめ」先生係

り、『スラムダンク』の映画を観た時でした。というかよくよく考えると、喜怒哀楽の全ての感情が創作物でしか動かされていませんでした。いやこいつ、あまりにも現実世界を生きてなさすぎるだろ。我ながらちょっと引きました。まあでも、これはこれでそんなに悪い生活ではないような気もします。同級生は子供の成長が楽しみかもしれませんが、僕は今年に発売される『ゼルダの伝説』の新作が楽しみです。ブレス オブ ザ ワイルドのゼルダ姫が個人的には最高に可愛《かわい》いと思っているのですが、ネットで弄《いじ》られてるのを見ると、なぜこの良さが分からないんだと憤慨してしまいます。もっと他に怒ることあるだろ。

以下、謝辞となります。


担当のHさん。今回も大変お世話になりました！

希望《のぞみ》つばめさん、素敵なイラストありがとうございます！　毎回、イラスト拝見するのがとっても楽しみです！

また書籍の出版に関わってくださった方々にもお礼を。

そして何より、本書を読んでくださった皆さまに最大限の感謝を。楽しんでいただけたなら作者としてこれに勝る喜びはありません。

それではまた！

あとがき

お久しぶりです。友橋《ともばし》です。

一年ぶりの刊行となりました。お待たせして申し訳ございません……！

『Sランクファザコン』はコミカライズも刊行されているのですが、小説の方が刊行されたのは早いにもかかわらず、気づけば巻数抜かれていました。情けねえ……！


以下、近況報告でも。

去年の年末におよそ十年以上ぶりに中学の同級生と飲みに行きました。

中学生の頃は洟《はな》を垂らしながらいっしょにゲームしたりしていた彼らは、今やすっかり立派な大人になっていました。

彼らが切る話題のカードは仕事と結婚と子供が主という感じで、アニメとゲームと漫画の話しか手札のない僕は完全に詰みました。

僕がアニメ観てゲームして漫画読んでラノベ書いてた時、皆《みんな》は大人のレールをちゃんと歩んでたんだなと震えました。

子供が生まれた時、泣きそうになったという同級生の話を聞いて、僕は自分が最近泣きそうになった時のことを思い出そうとしました。『ぼっち・ざ・ろっく』のアニメを観た

「ダディ！」

「親父！」

娘たちは目覚めたリバルを見ると、顔に掛かっていた厚い雨雲を晴れさせた。喜色満面になって抱きついてくる。

――ああ、そうか。

彼女たちの温《ぬく》もりをその肌に感じながら、リバルは気がついた。

ずっと、勝ち続けなければ、何者かでいられないと思っていた。

けれど。

彼女たちの父親になったことで、その想《おも》いが消えてしまった。もう僕は、何者かであり続ける必要がなくなったから。

あの頃からすると、僕はたくさんの大切なものを抱えるようになっていた。それは弱点とも呼べるかもしれない。

結局、僕は弱くなったのだろうか？

それとも強くなったのだろうか？

どちらでも構わない。

今、僕は間違いなく幸せなのだから。

リバルは抱きついてくる娘たちを、自らの手で抱きしめた。

だから初めてカイゼルに敗北を喫した時、異様なまでに執着した。

勝ち続けることがアイデンティティだったのに、それを失ってしまえば、自分には何の価値もないことになるから。

けれど。

さっきカイゼルには敵わないと認めた時、込み上げてきたのは悔しさではなく、どこか晴れやかな気持ちだった。

なぜだろう?

年を取って丸くなったからだろうか?

それともカイゼルには敵わないことを薄々悟っていて、ようやくそれを認められて、肩の荷が下りたからなのだろうか?

……分からない。どうして僕は、そんな気持ちになったのか。

そうしているうちに長い道程《みちのり》の果てに辿り着いていた。意識の糸を伝い、暗く深い海の底から、外の世界に出る。

目の眩《くら》むような光に満たされた後、次第に視界が戻ってくる。

そして――。

泣きじゃくっていた娘たちと、目が合った。

「パパ上!」

を聞いてください！　帰ってきてください……！」

「クソ親父《おやじ》！　あたしらに断りなくくたばるなんざ許さねえぞ！　まだ……あんたに何も返せてねえのに……！」

愛する娘たちが泣いていた。

幼い子供のように、涙と鼻水で顔をぐちゃぐちゃにしながら。

その光景を目の当たりにした時、リバルの胸の内からぐっと熱が込み上げてきた。

——ああ、そうだ。

——彼女たちを悲しませるわけにはいかない。

暗い海の底に沈んでいたリバルはおもむろに身体を起こすと、差し込んでいた光の筋に照らされていた意識の糸に手を伸ばした。

外の世界を目指して、上っていく。

ゆっくりと、けれど着実に。

その果てしない道のりを辿りながら、リバルは自分の心に自問し続けていた。

今まで僕は、ずっと勝ち続けてきた。

勝ち続けてきたからこそ、僕は僕でいられた。

魔法使いの名家に生まれ、天才魔法使いとして名を馳《は》せた僕にとって、他者より秀でていると示すことが存在価値だった。

けれど、もう目を覚ますことはできそうにない。

メトロンに取り込まれたことで、精神に深いダメージを負ってしまったらしい。

この深い海の底から、遥《はる》か高みにある地上に這《は》い上がる——それだけの気力が今のリバルには残されていなかった。

それにもう成し遂げたいことも残ってはいない。

娘たちは立派に成長し、カイゼルとの長年の戦いも決着がついた。

——今の僕は抜け殻だ。

その時だった。

抜け殻のように希薄だった自分の身体《からだ》に、重みを感じた。

どうやら外の世界の自分の身体に、何かが覆い被《かぶ》さっているようだった。

差し込んできた光の筋から、外の様子を覗《のぞ》き込んでみる。

——これは……。

リバルの視界に映ったのは、泣きじゃくる三人の娘たちだった。彼女たちは地面に横たわったリバルの身に寄り添いながら、懸命に呼びかけていた。

「パパ上……まだ教えて欲しいこと、たくさんある。だから死なないで……。スノウたちを置いていかないで……！」

「ダディ！　私、ずっとこれまで良い子にしてきました！　だから、一つくらいわがまま

エピローグ

そこは光の差さない暗い海の底のようだった。

音の一つも聞こえずに、静かで、冷たい。

自分はあの後死んでしまったのだろうか……。

リバルは海の底に仰向《あおむ》けに寝転がりながら、ぼんやりと思考を巡らせていた。

——だとしても、後悔はない。未練も。自分にできることはしたのだから。

しばらくした頃、海底に一筋の光が差し込んできた。

それはまぶしくて、暖かい。

ゆっくりと触れてみる。

その光からは、外の世界の声が漏れ聞こえてきた。

「一応、呪印は解除したから。運が良かったら目を覚ますはずよ。もっとも、二度と起きてこない可能性もあるけど」

話しているのはエトラのようだった。

——そうか……呪印は解除されたのか。

さすがは大賢者だ。